嵐を呼ぶ花嫁

上主沙夜

Illustration
吉崎ヤスミ

JN224110

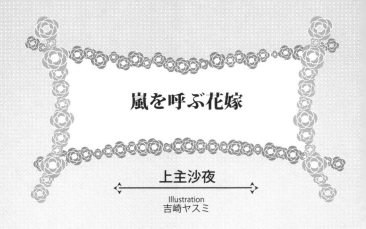

この作品はフィクションです。
実在の人物・団体・事件などに
一切関係ありません。

CONTENTS

ヴェラン
雇われ剣士。決闘士。
リーゼロッテ
ローゼンクロイツ皇国の第一皇女。
政略結婚をするために旅をするも
さらわれてしまう。

嵐を呼ぶ花嫁
登場人物紹介
偽王子
レヴァンジール王国の
王太子エルンストに
なりすまそうとしている。
リシャール
レヴァンジール
王国の王子。
エルンストの
異母兄。

序　章　無邪気な恋のはじまり

「いざ勝負よ、王子様！」

嬉々《きき》として宣言すると、相手の少年は呆気《あっけ》にとられた顔でぽかんとした。

リーゼロッテはフフッとほくそ笑み、子供用の小さなフルーレを得意気にブンブン揺らした。少年は挑発には乗らず、滑らかな眉間《みけん》をかすかに寄せて苦笑する。

「なにゆえ勝負しなければならないのでしょうか、姫君。僕たちは婚約者なのでは？」

いかにもそのとおり。たった今リーゼロッテは生まれた時から定められていた婚約者と初顔合わせを済ませたばかりだ。身にまとうはこの日のために仕立てた可愛らしいデザインのドレス。光沢《こうたく》のある真珠色のティアードスカートには絹で作られた薔薇が散らされ、後ろに寄せた襞《ひだ》を大きなリボンで結んでいる。

亡き母ゆずりの美貌は幼いながらも際立《きわだ》ち、さくらんぼのような艶々《つやつや》した唇には悪戯《いたずら》っ子めいた笑み。どこまでも澄んだ淡い水色の瞳は軽い興奮と期待できらめいている。

対する王子は袖の広がった青いプールポワンに黒のショース、白い絹靴下に金のバックルのついた黒エナメル靴という込んだ恰好で、当惑気味に首を傾げていた。

木苺《ラズベリー》のような赤い髪に黄水晶《シトリン》を思わせる瞳を静かに輝かせた、大層な美少年である。

御歳《おんとし》九つの盛装した皇女殿下が同じく盛装姿の十一歳の王子にビシッと剣を突きつけている様は、まるで贅沢な子供芝居の一幕のようで何やら微笑ましい。周りの大人たちの大部分が微笑を浮かべるなか、皇帝の傍らに侍《はべ》る新米皇妃だけがひとりおろおろしていた。

「あああ、なんてこと！　陛下、早く止めてくださいまし！」

懇願しても、玉座の皇帝はニヤニヤしながら顎《あご》を撫でるばかりだ。

「さすが我が娘、こうでなくては。なぁ、ロドルフ？」

うむと頷いたのは玉座の隣に設けられた賓客用《ひんきゃくよう》の椅子で足を組む同年配の男。いきなり婚約者に剣を突きつけられた王子の父親である。彼もまたニヤリとして息子に呼びかけた。

「エルンスト。売られた喧嘩《けんか》はとりあえず全部買っておけ。将来いい買い物になるぞ」

ムッとしたように父親を横目で睨《にら》んだ王子は、若干肩を落として皇女に向き直った。

「勝負の理由をお聞きかせ願えますか？　姫君」

堅苦しい問いに、リーゼロッテは昂然と顎を反らした。

「わたし、自分より弱い殿方の妻になどなりたくありませんの」

小生意気な言いぐさに、ぴくりと王子の頬が引き攣《つ》る。

「……面白い。僕もちょっと突ついただけで泣きだすような不甲斐《ふがい》ない女性を妻に迎えたくはありません」

「おあいにくさま、わたしはちょっとやそっとでは泣かなくてよ」

バチバチと視線が火花を散らす。幼い皇女に代わって泣きださんばかりに取りすがる皇妃を軽くあしらい、皇帝は侍従《じじゅう》に合図した。すかさず房《ふさ》付きクッションの上に仰々《ぎょうぎょう》しく載せられたフルーレが王子に差し出される。

王子は剣を取って慣れた手つきで一振りした。剣を構えた王子は裾の広がったドレスに波打つ黄金の髪を背に流したリーゼロッテの立ち姿を眺め、ぶっきらぼうに尋ねた。

「そんな恰好でいいんですか？　動きづらくて負けたなんて難癖つけられては困ります」

「お気遣いには及ばないわ。どんなに訓練しても、いざという時に役に立たなくては意味がないもの。備《そな》えよ常に、って言うでしょう？　裾捌《すそさば》きは得意なの、よ！」

タンッ、と床を蹴る。瞬発力を見せつけるように飛び込むと、切っ先が絡み合った。

カンカンカン、と打ち合う音が連続して響く。押された様子で王子が後ずさり、おおっと場がどよめいた。巧《たく》みにドレスの裾を捌きながら勢いに乗ってリーゼロッテは王子を追い詰める。だが、弾《はじ》かれて距離を取られた。

王子は油断なく身構えながら、ふっと大人びた笑みを口の端に浮かべた。

「へぇ……。口先だけじゃなさそうですね」

「ナメないでいただきたいわね。わたしの師匠《せんせい》はお父様よ」

「道理で」

リーゼロッテの父が優れた剣の使い手であることは、広く知られている。

「あなたもなかなかのものですわ、王子様。やっぱりお血筋《ちすじ》かしら？」

エルンスト王子の父親も剣豪の武人王として名高い。ふたりの父親は高みの見物を決め込んで娘と息子を満足げに眺めている。実はこのふたり、若い頃にはつるんで相当なやんちゃをやらかした仲なのだ。

ふっ、と王子が笑った。

「面白くなってきた……。本気であなたを妻に迎えたくなりましたよ」

「だったらわたしに勝つことね！」

隙あり！　と踏み込んだ、次の瞬間。一際《ひときわ》高い金属音を響かせて、リーゼロッテの手からフルーレが弾きとばされた。あまりに鮮やかすぎて何がどうなったのやら見当もつかない。リーゼロッテは自分の手を眺め、床に転がる剣を眺め、また自分の手をじっと凝視《みつ》めた。剣を侍従に渡した王子が近づいてくる。

「勝負ありましたね」

うつむいたまま、胸の前で握りしめた手を震わせているリーゼロッテを見下ろし、王子はわずらわしげに眉をひそめた。言いがかりをつけられるとでも思ったのだろう。

だが。次の瞬間ガバッと上げられたリーゼロッテの顔は満面の笑みで彩《いろど》られていた。

「凄いわ！　あなた強いのね！」

「え……、はぁ……」

気圧《けお》されたような表情の王子にリーゼロッテはぎゅぅと抱きついた。

目を白黒させる王子を抱きしめ、玉座の父皇帝を見上げて高らかに宣言する。

「お父様！　リーゼロッテはお嫁に行くことに決めました！」

「うむ、そうか。――って待て待て！　今ではない。何も今すぐ行けとは誰も言っておらんぞ!?　嫁入りは五年後だ」

「えぇーっ、五年も先なの……!?」

リーゼロッテは思いっきり眉を下げた。苦笑した王子がポンと肩に手を置く。

「五年なんてあっという間ですよ、姫君」

「でも、待ち遠しいわ」

うるっ、と大きな瞳を潤ませて凝視めると、王子は顔を赤くして口ごもった。

「ぼ、僕もです……」

居合わせた大人たちが純真なカップルを微笑ましく眺めて笑み交わす。気絶寸前だった皇妃も息を吹き返し、ホッと胸を撫で下ろした。

「あっ、でもひとつ条件があるわ」

「何ですか」

王子は警戒したような顔つきで訊き返した。

「勝負はこれからも続くのよ。わたしに負けたら離婚です」

腰に手を当て、胸を張って堂々と宣言するリーゼロッテの勇姿（？）に、皇妃がふたたびくたくたと椅子にへたり込む。

父親たち同様、唖然《あぜん》とした顔になった王子は、次の瞬間くすりと笑って頷いた。

「では、勝ち続けることにしましょう。あなたの夫であり続けるために」

王子はリーゼロッテの手を取って跪き、恭《うやうや》しく指先にくちづけた。

「……僕と結婚してくださいますか？　エリザベート＝シャルロッテ姫」

燃えるように頬が熱くなった。胸がきゅんとして、愛と敬意を込めて毅然《きぜん》と見上げる王子の黄水晶《シトリン》の瞳から目が逸《そ》らせない。

「は……はい……！」

こくん、と頷くとエルンスト王子はぱぁっと花が咲くように笑った。

その瞬間リーゼロッテは恋に落ち、そして固く決意した。この素敵な王子様に相応《ふさわ》しい姫君になろう。強いだけではだめ。綺麗なだけでもだめ。強くて綺麗で聡明《そうめい》な、いざというときに頼れる心強い伴侶《パートナー》になるのだ。

どんな嵐が来ようとも、生涯《しょうがい》手を携《たずさ》えて歩いていけるように――。

第一章　攫われた花嫁

ガクンと馬車が揺れ、座席で熟睡《じゅくすい》していたリーゼロッテはようやっと目を覚ました。

「ふぁあ、すっかり寝ちゃったわぁ～。もうラルシュに着いたの？」

固まった身体をほぐすように腕を上げ、伸びをしながら大欠伸《おおあくび》をする。馬車に同乗している侍女《じじょ》のニーナが呆れ顔でハンカチを差し出した。

「まだですよ。――それより姫様、涎《よだれ》が」

「あらやだ」

澄まし顔で口許を拭き、ドレスの胸元を押さえる。高価なレースが湿ってしまったが、さいわいシミは目立たない。そのうち乾くだろう。

返されたハンカチを受け取り、ニーナは溜息をついた。

「大陸の宗主《そうしゅ》たるローゼンクロイツ皇国の第一皇女様が、涎を垂らして爆睡《ばくすい》とは……」

「もう、わざとらしいわねぇ」

リーゼロッテは嘆息《たんそく》し、変な体勢で寝ていたせいで凝ってしまった肩を揉みほぐした。

「先の皇妃様そっくりの麗《うるわ》しいお顔立ちをしていらっしゃるというのに……。これでは美に対する冒瀆《ぼうとく》。天が与えたもうた宝の持ち腐《ぐさ》れですわ！」

「仕方ないでしょ、外見はお母様そっくりでも、中身はお父様に似ちゃったんだから。お父様もよく涎を垂らして昼寝されてるじゃない？」

「そんなところまで似なくていいんですよ！」

「どこが似るかは自分で選べないいんだからどうしようもないわ。――あっ、そうだ。ねぇ、涎を垂らして昼寝してたら離縁されちゃうと思う？」

「まさか！　宗主国の姫君を涎ごときで離縁などするわけないじゃないですか」

「宗主国なんて言ったって、今ではもう名目上のことにすぎないのよ」

リーゼロッテの生まれ育ったローゼンクロイツ皇国は、かつては大陸全土を支配する大帝国だった。だが、属国や属州が次々と独立を果たした今では、大陸中央部に微々たる領地を持つだけのごくささやかな小国である。

それでも唯一『皇帝』を名乗る国として曲がりなりにも残存しているのは、各国の王家がローゼンクロイツ皇家と縁続きであるが故《ゆえ》である。

大陸の覇者《はしゃ》であった時代から皇家は各国に皇女や皇子を嫁入り・婿入りさせて、壮大な血縁関係のネットワークを築き上げた。

ローゼンクロイツと縁続きでない王家などもはや大陸には存在せず、逆に言えばローゼンクロイツと縁のない家系は支配層として相応しくないと軽んじられるまでになっている。

そういうわけで、実質的な権力を失った今でもローゼンクロイツ皇家は大陸で最も由緒《ゆいしょ》正しき高貴な家柄として、各国から嫁・婿の引く手あまたなのだった。

もちろん、敬意を払われる理由はそれだけではない。国内に大陸共通の信仰の聖地があり、大陸一古くて権威のある大学を首都に擁《よう》していることも大きい。

ローゼンクロイツの強みは人的資源なのだ。各国にとって望みうる最高の婚姻相手である皇女・皇子たち。聖地に集《つど》う信者や宗教権威者たち。そして、各国から集まる留学生たち……。

彼らを巧みに動かすことで、ローゼンクロイツ皇国は隣接する国々に呑み込まれて消滅することを防ぎ、常に一定の影響力を保持している。

そういう国の皇女であるリーゼロッテは、当然ながら生まれたときから政略結婚を定められていた。

世継ぎ以外は外国に嫁ぐか婿入りするのが普通ではあるが、実際に結婚相手が決まるのはある程度の年齢になってからだ。

しかしリーゼロッテには赤子の頃から婚約者がいた。

隣接するレヴァンジール王国の王太子、ふたつ年上のエルンスト・クレマン王子である。

エルンストの父ロドルフは王子時代にローゼンクロイツの首都エーデルシュタインの大

学に留学していた縁で、リーゼロッテの父ラインハルトと親友、というより悪友であった。

若い頃はふたりとも手のつけられない暴れん坊で、護衛官を振り切って街に繰り出して気勢を上げただの、いかがわしい場所に入り浸っていただの、ゴロツキに絡まれて難儀《なんぎ》する護衛官に加勢してやっただの、その『伝説』は数知れない。

そんなふたりが卒業して別れるにあたって約束したのが互いの子供を結婚させようということだった。

おそらく『俺らの子供が結婚したら面白いことになるぜ！』的なノリのお遊び半分の約束だったのだろうが、結果的にふたりは律儀《りちぎ》に約束を守った。

先に結婚して息子を設けていたロドルフは、ラインハルトに娘が生まれたことを知ると早速お祝いの使者を差し向けて『息子の嫁にくれ』と言ってきた。ラインハルトはこれを快諾《かいだく》し、リーゼロッテはまだハイハイもしないうちから嫁入り先を決められたのだった。

揺れる馬車の座席で座り直し、リーゼロッテは左の薬指に嵌《は》めた指輪を愛《いと》おしげにそっと撫でた。

リーゼロッテの瞳とよく似たアクアマリンの指輪は、幼い日、初めて顔を合わせたときに婚約者から貰ったものだ。

（……あれからもう十年も経つのね……）

切なさに胸が疼く。いきなり勝負を申し入れた小娘の相手を本気で務めてくれたレヴァンジールのエルンスト王子の姿は、今思い出しても胸がときめく。婚約はすでに定められたことだったが、改めて跪《ひざまず》いて自ら求婚《プロポーズ》してくれた。すごく嬉しかった。

あの時は長らくやもめだった父がリーゼロッテの叔母、つまりは先妻の妹を正式に皇妃として迎えることを決め、そのお祝いにレヴァンジール国王が王太子を連れてローゼンクロイツを訪問していたのだった。

結婚式や披露宴などで一週間ほど滞在して帰国する前の日、エルンスト王子はふたりで散歩していた薔薇園のなかで指輪を贈ってくれた。

とても大きなアクアマリンが嵌まった指輪を差し出し、顔を赤らめながら彼は告げた。

『母の形見なんです。受け取ってもらえますか』

『わたしが貰っていいの……!?』

『大切なひとにあげなさいと言われていましたから……』

おずおずと受け取ったものの、それは幼い指には大きすぎてゆるゆるだった。

『これじゃ、落としてなくしてしまうかもしれないわ……。そうだ、鎖を通してネックレスにして、いつもつけていましょう。指に合うようになるまで』

『指輪がぴったり合うようになったら迎えに来ます』

微笑んだ王子をぼーっと凝視め、リーゼロッテはハタと我に返った。

『あ！　わたしも何か差し上げなきゃ……、ああどうしよう、何も用意してないわ！』

『い、いいんですよ姫君。その……よければ……く、くちづ……』

『あっ、これがいいわ！』

髪に結んであったリボンを急いで外《はず》して差し出す。

それはレースで飾られた薔薇色のリボンで、リーゼロッテの一番のお気に入りだった。

『これは特別な時にしかつけない、大事なリボンなの。お母様のお気に入りだったドレスから外してもらったの……』

肖像画でしか知らない実の母。美しいその肖像画に描かれたドレスを飾っていたリボンだ。王子は気づかわしげに眉をひそめた。

『そんな大切なものを貰うわけには……』

『いいの。だってエルンスト様もお母様の形見をくださったんだもの……。あ、でも王子様はリボンなんかしないかしら』

気付いて赤面すると、王子はにっこり笑ってリボンを受け取った。

『いいえ、いただきます。リボンを結べるように髪を伸ばせばいい』

優しい気遣いに、ほわんと胸が温かくなる。王子はリボンをたたんで大切にポケットにしまうと、リーゼロッテの額にそっとキスをした。

『……次に会ったらまた勝負しましょう。今度もきっと勝ってみせますよ』

『わたしだって負けないわ！』

嬉しくて、言い返した。

幸せだった。もっと幸せになれると無邪気に信じていた、懐《なつ》かしい日々――。

左手の薬指に嵌めたアクアマリンにそっとくちづける。指輪はぴったりになったけれど、エルンストが迎えに来ることは永遠にない。

彼はもう――、この世にはいないのだから……。

「……初恋は実らないって、本当ね」

「姫様……」

ニーナは眉を垂れ、物哀しげにリーゼロッテを見やった。遊び相手から昇格した付き合いの長い侍女であるニーナは、エルンスト王子を襲った悲劇も承知している。

「リシャール様はエルンスト様と似ていらっしゃるのかしら。腹違いの兄弟だから、あまり似てはいないかもしれないわね」

「……似ていらっしゃるほうがいいのですか？」

リーゼロッテは肩をすくめた。

「どうかしら……。全然似てないほうが、引きずらなくていいのかもしれない」

これからリーゼロッテが嫁ぐ相手はエルンスト・クレマン王子の異母兄、リシャール・マルク王子だ。リーゼロッテより四歳年上で、送られてきた肖像画を見た限りではエルンストとあまり似たところはなかった。

悪い顔立ちではない。たぶん修正されているのだろうが、とてもハンサムな青年だ。

髪の色はちょっと似てる。木苺《ラズベリー》色の髪をしていたエルンストに較べ、少し茶色が入った赤褐色の髪だ。瞳の色は青で、これは全然違う。エルンストは陽光を練り固めたような黄水晶《シトリン》の瞳だった。

この縁組が決まったのは半年ほど前のこと――。初顔合わせから一年も経たずエルンスト王子は海難事故で亡くなり、リーゼロッテは深く嘆《なげ》いた。彼に相応しいお妃になろうと意気込んでいただけにショックは大きかった。

もう誰とも結婚したくないと泣きながら言い張る幼い娘を、父は優しく抱擁《ほうよう》してくれた。愛妻が遺したたったひとりの娘が可愛くてならない皇帝は、本来ならとっくに嫁ぎ先が決まっている年頃になっても縁組みを強《し》いることはなかった。

だが、十八も終わりに近づいた頃、父は私室に娘を呼び、真剣な顔で縁談を持ち出した。相手はエルンスト王子の異母兄で現在の王太子、レヴァンジール王国第一王子、リシャール・マルクである。

リーゼロッテは抗《あらが》わなかった。本当はわかっていたのだ。ローゼンクロイツの皇女たる身で、いつまでもわがままを通すわけにはいかないと……。

これまでの父の配慮に感謝し、嫁入りを承諾した。

「ただ……、生前のエルンスト様と仲が悪くなかったほうがいいかなとは思うわね」

「評判のよい方のようですよ。穏やかな気質で、思慮深く真面目な方だとか……。レヴァンジールの国王様はこのところお加減《かげん》がよくないので、その補佐を立派にお務めになっているそうです」

リーゼロッテは頷いた。実は、かなり以前から内々に婚姻の打診はあったらしいのだ。父は娘の気持ちを慮《おもんぱか》って返事を先延ばしにしていた。

自分が妻の妹を後妻に迎えたこともあり、似たようなことを娘に強いることをためらったのかもしれない。だが、ロドルフ王の病状がかなり悪化して、ついに決断を迫られた。母代わりになってくれた叔母が父の後妻になったことを全然気にしてはいなかった。母代わりにリーゼロッテは叔母が大好きだったし、実の母との思い出がひとつもないので、反発の湧きようもない。父と叔母の間にできた弟妹たちもみな可愛く思っている。

「……お父様たちのような夫婦になれたら、それでいいわ」

父は亡くなった先妻を未だに愛している。だからといって独り身を通すわけにはいかなかった。皇女でも帝位は継げるが、リーゼロッテが女帝になれば他国に嫁がせる皇女がいなくなってしまう。

ローゼンクロイツは結婚政策で命脈を保っている。他国に嫁がせる皇女や皇子をできるだけたくさん作ることは皇帝としての義務だ。皇帝は子沢山《こだくさん》でなければならない。

それを叔母はよく知っている。皇子を二人、皇女を三人産み、皇妃としての責務を立派に果たしながら、叔母は仲のよかった姉を深く敬愛し続け、新婚早々亡くした前の夫を想い続けている。

ふたりはリーゼロッテの母を間に挟んで結びついた同志のようなものだ。それでもふたりは『夫婦』として互いを思いやり、温かな家庭を築いている。だから、そういう関係もいいんじゃないかとリーゼロッテは思っていた。それもまた愛には違いない。

「結婚してから段々とリシャール王子様を好きになるかもしれませんよ？」

「そうね……。いつまでも思い出にしがみついていてはいけないわ」

リーゼロッテは指輪を外し、右手の中指に付け替えた。

「これから結婚する人に対して、いくらなんでも失礼だものね。――でも、外す気はないの。思い出でも、確かにわたしの一部なのだから」

そう呟《つぶや》いた途端、ガタガタと激しく馬車が揺れ、つんのめるようにいきなり止まった。

馬の鋭い嘶《いなな》きが続けざまに上がる。

「ど、どうしたんでしょう……」

侍女が不安そうに囁く。リーゼロッテは馬車の窓に降ろされた薄手のカーテンをそっと捲ってみた。国境で引き渡しの儀礼を済ませ、馬車はすでにレヴァンジール王国の領内だ。

ふたりが乗っているのはレヴァンジール王家が差し向けた馬車だった。扉には王家の紋章が大きく描かれており、馬車の前後には礼装したレヴァンジールの近衛小隊が警護についている。おいそれと襲える獲物でないことはわかるはず。

羽根飾りつきの帽子を頭に載せた礼装姿の近衛兵数人が、抜き身の剣《エペ》を引っさげて歩いてくる。どういうわけか一様に鼻から下をスカーフで覆っていた。

(何なの一体……⁉)

ドアが無造作に開け放たれ、リーゼロッテは反射的に飛びのいた。ニーナが弾かれたように前に出て主を庇《かば》う。

「何ですか、断りもなく⁉　こちらにおわしますのは畏《おそ》れ多くもローゼンクロイツ皇国の皇女殿下ですよ⁉　この方がレヴァンジール王国の王太子様に嫁がれる御方と知っての狼藉《ろうぜき》ですか！　下がりなさいっ」

侍女は蒼白《そうはく》になりながらも気丈《きじょう》に叱咤《しった》した。覆面の近衛兵は眉一つ動かさず、横柄《おうへい》に顎をしゃくる。

「降りろ」

思わず息をのむと、外から御者《ぎょしゃ》のものらしい叫び声が聞こえてきた。リーゼロッテは慌てて身を乗り出した。

「やめて！　降りるわ。すぐ降りるから、誰にも乱暴をしないで」

「姫様、いけません！」

止めようとする侍女を押し退け、リーゼロッテは自ら馬車を降りた。そこが木立《こだち》の只中《ただなか》であることに初めて気付いた。周りは鬱蒼《うっそう》と繁《しげ》る森だ。

広場のように開けた草地になっているが、馬車が進んできた道はここで行き止まり。この先はかろうじて人が通れるほどの小道しかない。

のんきに昼寝などしている間に正規の街道を外れていた。リーゼロッテは臍《ほぞ》を噛んだ。

（いったい何者……!?）

近衛兵の恰好をしているが、本物なのか偽者《にせもの》なのかもわからない。狙っているのは何なのだろう。後ろに従う荷馬車に積んだ持参金や嫁入り支度？

それともリーゼロッテの身柄、あるいは——命……!?

素早く視線を走らせると馬車と荷馬車、どちらの御者も縛り上げられ猿ぐつわを噛まされていた。たいした手際《てぎわ》の良さだ。ふたりとも真っ青になって飛び出しそうに目を見開いているが、傷つけられた様子はない。リーゼロッテはホッとした。

「きゃあっ」

後ろから悲鳴が上がり、慌てて振り向くとニーナが草地にうずくまっていた。動揺して足を滑らせ、馬車から転がり落ちたらしい。

「しっかりして」

急いで抱き起こそうとしたが、侍女は足を挫《くじ》いてしまったようで苦悶《くもん》の声を上げた。

「も、申し訳ありません、姫様」

「無理に動かないで」

震える侍女を抱きしめながら、リーゼロッテは唇を噛んだ。

（せめて剣が手元にあれば……）

剣豪の誉《ほま》れ高い父から直接指南《しなん》を受け、熱心に練習に励《はげ》んだこともあってリーゼロッテの剣技は手遊びの域をとっくに超えている。だが、持参した愛用のレイピアは荷馬車の中だ。嫁入り道中でまさか剣を使うはめに陥《おちい》るなんて予想もしていなかった。

誰かの武器《エモノ》を奪えないかと、それとなく窺ってみたが、全員まるで隙がない。本物の近衛兵でなかったとしても、剣を使い慣れた人間ばかりだ。

さらに、その後ろから人影がわらわらと湧いて出た。こちらは制服ではなくてんでんバラバラの衣装だ。どれも薄汚れてサイズも合わず、一見して古着の寄せ集めとわかる。

（やっぱりニセ近衛兵……!?）

この森を根城《ねじろ》にしている追剥《おいはぎ》の一団だろうか。だが、どうしてそんな者どもが引き渡しの場に現れ、ローゼンクロイツ側に怪《あや》しまれずにすんだのか……。

ふと、リーゼロッテは気付いた。レヴァンジール側の送迎使節として同行していた貴族の馬車がない。先行していたからリーゼロッテの馬車が街道を外れたことに気付かなかったのだろうか。いや、もしかしたら最初からグルだった可能性もある。

わからないことだらけだ。しかも丸腰。リーゼロッテはどうしようもなく襲ってくる不安を、怒りを掻き立てることで押さえ込もうとした。

（剣！　どうにかして剣を奪わなきゃ）

たとえ奪えたところで相手はこの人数。ケガをした侍女を庇いながら突破するなんて、冷静に考えればどう足掻《あが》いても見込み薄だ。腕に自信はあるといっても一対一の勝負の話。乱戦の経験はゼロである。

と、そこへガラガラと車輪の音を響かせて馬車が走り込んできた。一瞬、迎えの貴族が異変に気付いて戻ってきてくれたのかと胸を躍らせたが、残念ながらそれは貴族のものとは似ても似つかぬ粗末な馬車だった。

「あっちの馬車に乗れ」

覆面の近衛兵がまた顎をしゃくる。逆らったところで今はどうしようもない。

リーゼロッテは侍女に肩を貸して歩きだした。よろめきながらニーナが啜り泣く。

「も、申し訳ありません、姫様……。まことに面目次第も……。うっうっ」

「いいのよ。さぁ、遠慮せずに寄りかかって。無理しちゃだめよ」

侍女に手を貸して馬車に押し上げ、自分も乗ろうとすると、いきなり後ろから腕を掴まれた。見るからに人相の悪い荒くれ者がニヤニヤと顔を覗き込む。

ニーナが眉を吊り上げて怒鳴った。

「無礼者！　姫様から手を離しなさいっ」

「さすがお姫様だけあって、いいもんしてるじゃねぇか」

賊が見ているのが大事なアクアマリンの指輪であることに気付き、リーゼロッテは力任せに腕を振りほどいた。だがすぐにまた掴まれて逆にねじ上げられてしまう。

「こいつは駄賃《だちん》にもらっとくぜ。お姫様の御者を務めさせていただくんだからなぁ」

仲間と思しき古着の一団が、どっと沸く。

「返して！　それはダメ！　他のものをあげるから、それだけは返して！」

「うるせぇなぁ。さっさと馬車に乗せちまえ」

男の声に応じて、両側からがっきと腕を掴まれる。引きずられながらリーゼロッテは足をバタバタさせ、悲痛な叫び声を上げた。

「お願い、返して！」

「へっ。こいつぁいいカネになるぜ」

男が指輪を空に翳して目を細めた瞬間、ボグッと異様な音がして男が吹っ飛んだ。手を離れた指輪がキラキラと宙に躍り上がる。大きな手が、ぱしっとそれを掴んだ。

リーゼロッテは呆然と立ち尽くし、突然現れた大男を凝視めた。

いったいどこから現れたのか……。今までその姿が目に入らなかったのが不思議なくらい、上背《うわぜい》のある逞《たくま》しい男だった。

身長はこの場にいる誰よりも高い。おそらくリーゼロッテの父をも上回るだろう。

洗い晒《ざら》しの白いシャツの上からでも、肩や腕、胸板の逞しさがわかった。鍛《きた》え上げられ、実戦で培《つちか》われた精悍《せいかん》さが、野生の獣《けもの》のように漂っている。

男の顔には、その雰囲気にふさわしい猛々《たけだけ》しさと野性味にあふれた美しさが絶妙に混交していた。一言で言えば整った顔立ちの男である。だが、端整というには剣呑《けんのん》すぎる。明るい琥珀色《こはくいろ》の瞳は怜悧《れいり》な輝きを放ち、少し厚めの唇は皮肉げに口端が下がっているものの、艶《つや》やかでどこか蠱惑的《こわくてき》でもあった。

髪は黒……いや赤だ。とても昏《くら》い赤。暗紅色とでも言えばいいだろうか。癖《くせ》のないまっすぐな髪を長く伸ばし、うなじの辺りで邪魔にならないようひとつに結んでいる。

肌色はやや浅黒く、それがさらに引き締まった印象を与えていた。黒いショースにひざ上までくる長いブーツを穿き、腰からエペより数段ごつい大振りの剣――たぶん片手でも両手でも使えるバスタード・ソード――を下げたその姿は、ならず者とも近衛騎兵とも異《こと》なる独特の凄味《すごみ》ある雰囲気を漂わせていた。

草地に転がった賊が、頬を押さえて跳ね起きる。

「何しやがんだ、このっ……！」

突っかかろうとした男の動きがふいに止まった。

リーゼロッテは瞬いた目を大きく見開いた。上背のある男が抜剣《ばっけん》して、座り込む男の喉元に切っ先を突きつけていた。その動作は流麗《りゅうれい》すぎて、剣を抜いたことさえ気付かなかっ

た。リーゼロッテだけでなく、居合わせた全員が息をのんでいる。

「――手を出すなと言われたはずだ」

荘厳《そうごん》ささえ感じさせる、深みのある声が響いた。堂々たる体躯にふさわしい声だ。へたり込んだ男はヘビに睨まれたカエルのように身を縮めた。

「い、いいじゃねぇか、宝石のひとつやふたつ……」

「相応の分け前を受け取りたいなら、指示を守れ」

傲然と言い捨て、男は剣を収めた。手にした指輪を掲げ、じっと眺める。無頼《ぶらい》な表情は動かなかったが、琥珀の瞳がかすかに揺れたような気がした。

男は無造作に歩いてくると、リーゼロッテの掌に指輪を落とした。

ハッとして見上げた男は最初の印象より若く見えた。二十代半ばかと思ったけれど、たぶんもっと若い。研ぎ澄まされた表情のせいで年齢がいって見えるだけだ。

男は何も言わずに踵《きびす》を返した。呆然と見送ったリーゼロッテは我《われ》に返って指輪をぎゅっと握りしめた。

「あの……っ」

男が足を止める。振り向かない背中に、リーゼロッテはおずおずと告げた。

「……ありがとう」

肩ごしに、男の横顔が覗く。

「さっさと馬車に乗れ」

ぶっきらぼうに言い置き、男は離れていった。リーゼロッテは指輪を指に押し込むと急いで馬車に乗った。すぐに出発を指示する声が上がり、馬車がガタゴトと動きだす。これまでの馬車とは大違いの粗末な座席で、リーゼロッテは取り戻した指輪をそっと撫でた。右手に嵌めることにしたはずが、慌てていていつもどおり左手の薬指に嵌めてしまった。嵌め直す気になれず、リーゼロッテはアクアマリンに唇を押し当てた。

（守って、エルンスト様……）

行く先も知れぬ馬車の中で、不安げに眉を垂れる侍女を慰めながら、リーゼロッテは暗紅色の髪をした逞しい男の姿をぼんやりと思い浮かべた。

眼光鋭い瞳に見覚えなどないはずなのに、何故だか胸がひどく軋《きし》んだ。

馬車の窓は外側を故意に汚されていて、外の景色はほとんど見えなかった。途中から車輪の音が石畳を進むものに変わったことと、ぼんやりと建物らしき影が窓越しに見えることから、街に入ったものと思われる。

たぶんレヴァンジール王国の首都ラルシュだろうが、確信はない。何せこの国に来たのは初めてだから土地勘がまったくないのだ。

エーデルシュタインと同じように市門ごとに警備兵はいても、普段はさほど警戒していないのかもしれない。停止を命じられることもなく馬車はどんどん進んだ。

ようやく止まって扉が開け放たれる。そこに立っていたのは指輪を取り戻してくれた赤黒い髪の男だった。彼は無表情にリーゼロッテを一瞥《いちべつ》し、軽く顎をしゃくった。

「降りろ」

抗わず黙って降りようとすると男はごく自然に手を差し出した。

「……ありがとう」

(無愛想だけど意外と親切……)

少し怯《ひる》みながらもその手を取って降りる。リーゼロッテの倍もありそうな、ごつごつした大きな手は剣だこが出来ていて固く、そうとう修練を積んでいることを窺わせた。なのに不思議と所作《しょさ》は洗練されている。リーゼロッテに手を貸した仕種も取ってつけたようではなかった。

男は続いてニーナを馬車から下ろした。ひねった足首を庇って四苦八苦していることに気付くと無造作に腰を掴んで持ち上げる。ふわりと降ろされ、侍女は目をぱちくりさせた。

「あら……、どうもご親切に」

「手当てをしたほうがよさそうだな」

男が呟くと、覆面《ふくめん》をした近衛兵が近づいてきた。

「侍女はこちらで預かる。おまえは皇女を殿下のところへ連れて行け」

腕を取られた侍女はうろたえて悲鳴を上げた。

「姫様っ」

「騒ぐな。おとなしくしていれば乱暴はしない」

「姫様をおひとりにはできませんっ」

「わたしは大丈夫よ、ニーナ」

リーゼロッテは安心させるように侍女の手を軽く叩いた。

「いいから手当てをしてもらいなさい。――わたしの大切な侍女です。敬意をもって接してください」

毅然とした言葉に覆面の近衛騎兵は頷いた。気のせいか、目許が少し和《なご》んだような気がする。

「……ご安心を。我らは狼藉をするためにあなたをかどわかしたわけではない」

彼は軽く一礼すると、侍女に肩を貸して歩きだした。気遣いの窺える仕種にリーゼロッテは首を傾げた。

(もしかして変装してるわけじゃなく、本物の近衛兵なのかしら……？)

ならず者の変装とはちょっと思えない。だが、指輪を奪おうとした男のような明らかにゴロツキのたぐいも混じっている。

(この人たち……いったい何なの……?)

ますますわからなくなる。

「行くぞ。あんたはこっちだ」

ずんずんと大股で歩きだした男をリーゼロッテは慌てて追った。

「待って。ねぇ、あの……」

名前を聞きたかったが、男は足どりをゆるめることなく建物の奥に入っていく。

リーゼロッテはドレスの裾をからげ、懸命に後を追った。足元は華奢なヒール靴だが、こういう恰好で剣を振り回す練習をしたこともあるからバランスの取り方は心得ている。

現在、大陸はおおむね平和だし、ローゼンクロイツの宮廷を不審者が横行《おうこう》しているわけでもなかったが、リーゼロッテは『備えよ常に』をモットーに優雅な姫君からいつでも勇猛な女剣士に変身できるよう心がけていた。必要に駆られたというのではなく、趣味のようなものだ。要はじっと座っているより身体を動かすのが好きなのである。

実の叔母であり継母でもあるルイーゼは、リーゼロッテに皇女らしい教養として刺繍《ししゅう》や絵画を身につけさせようと骨を折ったものだが、何を刺しても描いてもリーゼロッテの作品は前衛的すぎて余人の理解できるところではなかった。

小走りしながらリーゼロッテは悠々と前を行く男が腰に下げた長剣を眺めた。

(あれは……わたしにはちょっと大きすぎるわね)

どこかに手頃なエペでもあれば、隙を見て拝借《はいしゃく》してしまおう。

きょろきょろと辺りを見回したものの、廊下に面した扉は閉まっているか、開いていても中はひどく薄暗い。前をよく見ていなかったリーゼロッテは男が立ち止まったことに気付かず、広い背中に衝突してしまった。

「ひゃん！」

鼻を押さえて恨みがましく見上げると、呆れたような顔で男が振り向いた。

「好奇心旺盛なのもけっこうだが、ちゃんと前を見て歩けよな」

「わ、わかってるわよ！」

顔を赤らめて言い返す。男は黙って眉を上げ、目の前の扉を拳《こぶし》で軽く叩いた。

「お姫さんを連れてきたぞ」

「入れ」

若い男性の声が返ってくる。男は扉を開け、入れと動作で示した。緊張しながら中に入ると、男は閉めた扉の前に黙って陣取った。机で何か書き物をしていた青年が立ち上がり、一足飛びに近づいていきなりガシッと手を握る。

「ああ、リーゼロッテ姫！　お逢いしたかった……！」

いったい何事かと固まっていたリーゼロッテは、気を取り直して青年を見上げた。

歳の頃は二十代の初めくらいだろうか。整った感じのいい顔立ちを、感無量といった様子でうっとりと赤らめている。熱っぽくリーゼロッテを見つめる瞳は猫目石《キャッツアイ》のような金茶色。うなじにかかるくらいの髪はかなり赤みの強い赤褐色だ。

健康そうな小麦色の肌をしており、リーゼロッテを案内してきた男には及ばないものの背はかなり高い。細身だがしっかり鍛えてありそうだ。仕立ての良い上着の袖から上等なレースが覗き、端整な顔立ちと相まって、いかにも貴公子然とした青年である。

「――あの、どちら様でしたかしら……？」

礼を失しないように気をつけながら尋ねると、青年は大げさに眉を下げ、嘆息した。

「無理もありませんね。最後にお会いしてから十年も経ちますから……」

青年は握りしめたリーゼロッテの手を口許に持っていき、愛《いと》おしげに目を細めてアクアマリンの指輪にチュッとキスした。

「まだ持っていてくれたのですね。よかった。忘れられてしまったわけではなさそうだ」

リーゼロッテはまじまじと青年を凝視めた。

（――まさか……!?）

青年の顔立ちに懐かしい面影を重ね合わせる。記憶に刻まれた少年とよく似た赤毛。彼の瞳はもっと明るい黄水晶《シトリン》だったけれど、成長すれば色味が変化することもあると聞く。

「……エルンスト……様……？」

青年は満面の笑顔で大きく頷き、ふたたび唇をリーゼロッテの手に押しつけた。

「こうしてふたたびあなたに会える日を、心待ちにしていました」

感極《かんきわ》まった声で告げ、彼はリーゼロッテをぎゅっと抱きしめた。リーゼロッテは呆然と立ち尽くした。

エルンスト・クレマン・ド・レヴァンジール。十年前に海難事故で亡くなった、リーゼロッテの婚約者。レヴァンジール王国のかつての王太子――。

「生きていらしたの……!?」

「心配させて申し訳ありません。よんどころない事情で今まで身を潜めていました。やっと期が熟し、宮廷復帰に向けて動き始めたところで、あなたが兄に嫁いでくることを知ったのです。あなたは私の婚約者だ。他の誰にも渡さない……!」

情熱的な口調に、どういうわけか嬉しさよりも違和感がふくらんでゆく。

生きていたとわかって嬉しいはずなのに。亡骸《なきがら》が見つかっていないと聞き、どこかで生きていてくれたらいいとずっと願っていたというのに――。

王子はふたたびリーゼロッテの手を取り、誠実さのこもった瞳でじっと凝視めた。

「怖い思いをさせたことは謝ります。ですが、王宮に入るのをどうしても止めたかった。王宮では魔女が爪を研《と》いで待ち構えていますからね」

「魔女?」

「王妃ですよ。私の継母。彼女は自分の産んだ子――私の兄に王位を継がせるため、私の抹殺《まっさつ》を図った。そして、今度は我が子に望みうる最高の伴侶《はんりょ》……ローゼンクロイツ皇国の皇女を娶《めと》らせようと、病床に伏《ふ》す父上に無理強いしたのです」

リーゼロッテは愕然と目を見開いた。

「王妃様がエルンスト様を殺そうとした……!?」

「船から落ちたように見せかけてね。かろうじて命拾いしましたが、戻ってもまた同じことが繰り返されるだけ……。当時の私は無力な子供に過ぎず、狡猾《こうかつ》な王妃は父の寵愛《ちょうあい》をいいことに宮廷で権勢を振るっていました。現王妃の産んだ第一王子を跡継ぎに押す者も多かったのです。私の母は早くに亡くなり、父の他に後ろ楯はいませんでしたから」

寂しそうに王子は微笑み、リーゼロッテの指輪をそっと撫でた。

「あなただけが心の拠《よ》り所でした。あなたがこの指輪の代わりにくれた、薔薇色のリボン……。海に投げ出された時にあれをなくしてしまったのは痛恨の極《きわ》みです。ですが、あなたとの思い出は誰にも奪えない」

リーゼロッテは己《おのれ》の手を引き抜き、王子から離れた。

「——だったら勝負してください」

当惑顔の王子を、強いまなざしで凝視する。

「わたしに勝ったら結婚してあげる——。それが約束です」

王子はくすりと笑った。

「そうでしたね。あなたの夫たるにふさわしく、勝ち続けなければならないのでした」

リーゼロッテは動揺を押さえ込むように唇を噛んだ。

(『約束』を知ってる……！　この違和感は単なる勘違いなの？)

交わした約束。指輪とリボン。

記憶と食い違うことは何もないのに、何かが違う気がしてならない。

(剣を戦わせればわかるわ……！)

王子は壁にかかっていた二本のエペを取り、ひとつをリーゼロッテに渡した。何気ない笑みに鋭さが増す。

「フルーレと違って切っ先を丸めていませんからご注意を」

「わかっているわ」

リーゼロッテは王子と向き合い、鍔を口許に当てて挨拶《サリュー》した。

奇《く》しくもサイズが違うだけで、ふたりとも十年前と同じような恰好だった。既視感と違和感が交錯し、苛立ちがつのる。

(落ち着いて！　エルンスト様とはお別れするまで毎日のように手合わせしたでしょ)

成長したって別人のように剣筋が変わってしまうことはないはず。たとえ本人だろうと、ここで疑惑を払拭《ふっしょく》しておかなければ、いつまでも落ち着かない気分を引きずりそうだ。

扉の前に陣取った男は止めようとするそぶりもなく、腕を組んで無表情に成り行きを眺めている。剣を構えるリーゼロッテに向けられた瞳は値踏みするように冷徹だった。

リーゼロッテが先制攻撃をしかけ、剣を打ち合う金属音が室内に鳴り響いた。

（――強い！）

青年が相当の実力の持ち主であることは、すぐにわかった。普段から剣を扱い慣れていることが知れる身のこなしだ。相手を威圧するような無駄な動きをすることもなく、付け入る隙をちらとも見せない。

（似てる……）

剣を交えるうちに身体が思い出してくる。確かに、彼の剣の使い方や踏み込み方はエルンスト王子と非常によく似ていた。

（でも、『似てる』だけ……！）

すっとリーゼロッテは剣を引き、身体の脇に下ろした。青年がいぶかしげに苦笑する。

「どうしました？　降参ですか」

「わかったから、もういいわ。あなたはエルンスト様じゃない。別人よ」

きっぱりと言い放つと、青年は目を瞠《みは》ってしばし沈黙していた。やがて口許が奇妙に引き攣り、クッと堪えきれない様子で笑いが洩れる。

「ハハハッ、大したもんだな……。いや、感心しましたよ、姫君。十年前に別れたきりの人間のことを、そんなによく覚えているとはねぇ」

「誰なの、あなたは⁉」

「言ったでしょう、エルンスト・クレマン王子です」

「だからあなたは別人っ……」

「これからなるんですよ」

うっそりと青年は笑い、リーゼロッテは絶句した。

「……まさか、なりすますつもり……⁉」

「レヴァンジールの正統な後継者は先の王妃が産んだエルンスト・クレマン王子だ。今の王太子リシャール・マルクは生まれた順では第一王子だが、母親の現王妃は妾妃上がりで、生まれ育ちも極めて怪しい。しかも、目的を果たすためには手段を選ばぬ極悪非道な魔女。知ってます？　国王が病床にあるのをいいことに、摂政《せっしょう》気取りで宮廷を牛耳《ぎゅうじ》ってるんですよ。このままでは国も宮廷も腐敗する一方だ」

「だからってエルンスト様になりすますなんて無茶苦茶よ！　そんなことさせないわ」

リーゼロッテはいきなり立って青年に剣を突きつけようとしたが、いつのまにか背後に回り込んでいた男に腕をねじ上げられて悲鳴を上げた。

ガランとエペが床に落ちる。偽王子は剣を拾い上げて苦笑した。

「離してやれ、ヴェラン。ご婦人に無体な真似をするもんじゃない」

腕を解放されたリーゼロッテはキッと男を睨み付けた。聞きそびれていた名前がやっとわかったけれど、もう腹立たしい一方だった。偽王子が諭《さと》すような口調で話しだす。

「姫君。我々はレヴァンジールの歪《ゆが》んだ現状を正そうとしているのです。けっして私利私欲で動いているわけではない」

「わかるもんですか！　だったらちゃんと名乗ったらどうなの!?」

「ことが成就《じょうじゅ》した暁《あかつき》には本名を名乗りますよ。だがそれまでは俺がエルンスト・クレマン王子だ」

「何をする気なの!?　わたしをどうするつもり!?」

「当分の間、ここでゆるりとくつろいでいただきましょう。あなたにリシャール王子と結婚されては困るのでね。できるだけ快適にお過ごしいただけるようにしますから、無駄に騒ぎ立てないように。乱暴はしたくないが、必要なら縛り上げるくらいのことはします」

ニッと笑った青年の表情に今までにない凄味が漂う。剣の腕からしても只者《ただもの》とは思えない。下手に逆らって縛り上げられるよりはおとなしくして脱出の機会を窺ったほうがいい。

唇をぎゅっと引き結んで睨み付けると、偽王子はにっこり笑った。

「聞き分けがよくて助かりますよ、姫君。――では、ヴェラン。姫君をお部屋にお連れしろ。見張りはおまえに任せる」

「なんで俺が」

ムッとしたように男が口端をひん曲げる。

「高いカネを払ってるんだ、ヒマなときは見張りくらいしろよ」

横柄に言われてヴェランはチッと舌打ちした。

「来い」

憮然とした顔で促され、リーゼロッテはことさら偽王子を無視するようにつんけんと歩きだした。どういうわけか、偽王子は面白そうにニヤニヤしていた。

ふたりが去った後、偽王子はエペを壁に戻しながら独りごちた。

「……どうも一筋縄ではいかないな」

文句を言いながらも、彼は愉快そうな笑みを浮かべているのだった。


「――あのひといったい何なの!?」

長い脚で悠然と進むヴェランの後を懸命に追い、リーゼロッテは詰問口調で問い質《ただ》した。

「さぁな。知らん」

「何それ!?　自分の主がどういう人間だか知らないっていうの!?」

「単なる雇い主だ。俺の主は俺自身をおいて他にない」

自負のほどが窺える台詞に怯《ひる》みつつ、それを振り切るように男を睨み付ける。

「お金のためなら相手が過激派だろうがテロリストだろうが関係ないってわけ？」

厭味《いやみ》たらしく吐き捨てると、男はくるりと振り返った。頭ふたつ分も高い位置から睨み降ろされ、その迫力にリーゼロッテはひくりと喉を震わせた。

「……自力でカネを稼いだこともないお姫さんに言われたかねぇな」

ドスの効いた低声に、顔から血の気《け》が引く。フンと鼻息をつき、ヴェランはふたたび背を向けて歩きだした。リーゼロッテが硬直したままでいることに気付くと無言で戻ってきて、いきなり肩に担《かつ》ぎ上げる。

「ちょ……、えぇっ!?」

小麦袋のように後ろ向きに担がれてリーゼロッテは動転した。足をばたつかせ、拳で逞しい背中を力任せに殴打《おうだ》したが、ヴェランは蚊に刺されたほどにも感じていない。

「降ろしなさい、この無礼者ーっ」

靴が片方脱げてすっ飛んでいってしまう。こともなげにそれを拾い上げ、ヴェランは大股に歩き続けた。

ドアを開けてどこかの部屋に入ったかと思うと、どさりとベッドに投げ出される。完全に荷物扱いされていきり立つリーゼロッテに、男は拾った靴をひょいと投げた。

「騒ぐと縛り上げて猿ぐつわを噛ませるぞ。それがいやならおとなしくしていることだ」

リーゼロッテは慌てて靴を穿き、出て行く男に追いすがったが、鼻先でぴしゃりと扉を閉められてしまう。ガチャガチャと鍵をかける音が響き、頭に来てリーゼロッテは扉板をバンバン叩いた。

「何よっ。あなた強そうなんだから、あんなけったいな反逆者なんかに味方することないじゃないのっ」

「味方してるわけじゃない。雇われただけだって言っただろ」

シャッと滑る音がして、ドアの上部についている覗き窓が開く。鋭利な眼光が不機嫌そうにリーゼロッテを睨んだ。負けじとリーゼロッテは眉を逆立《さかだ》てた。

「だったらわたしがあなたを雇うわよ！　わたしを助けなさい！」

男は呆れたように半眼になった。

「はぁ？　カネ持ってんのかよ。俺は高ぇぜ」

「え、と。――あっ、馬車に持参金が積んであるわ！」

「そりゃあんたのカネじゃないだろ。ふん、結局親が持たせてくれたカネで解決しようってか。いいご身分だな」

冷笑されてカッとなる。悔《くや》しいが言い返せない。考えてみれば、自分のものなどリーゼロッテはひとつも持っていないに等しかった。

「ま、仕方ないか。やんごとなき皇女様だもんな。……なんならその指輪、売ってカネに替えてきてやろうか」

「だめっ」

反射的に指輪を覆い隠し、リーゼロッテは叫んだ。その剣幕《けんまく》に男が目を丸くする。

「絶対だめ！　これだけは何があっても手放さないって決めてるんだからっ」

「——そんなに大事なものなのか」

「大好きなひとの形見なの。これだけがよすがなのよ……」

ヴェランはしばらく黙っていたが、ふぅと嘆息して頭を軽く掻いた。

「ともかくおとなしくしてろ。後で食事を運んでやる」

シャッと覗き窓が閉まる。靴音が遠ざかってゆくのを扉越しに聞きながら、リーゼロッテはギリギリと唇を噛んだ。


ぼんやりとベッドに座り込んでいると、覗き窓の開く音がした。反射的に睨み付けるとすぐに窓は閉まり、施錠《せじょう》が外されて扉が開く。

「——姫様！」

「ニーナ!?」

杖をつきながらよろよろと入ってきた侍女を急いで支え、並んでベッドに座る。扉を見るともう閉まっていた。

「大丈夫？　ニーナ」

「は、はい、姫様。きちんと手当てしてもらえました。あの人たち意外と礼儀正しくて、びっくりしました。杖まで用意してくれて」

侍女はスカートの裾を持ち上げて、手際よく包帯の巻かれた足首を見せた。

「よかった……」

「姫様。もしかしたら彼らは本物の近衛兵かもしれません。それも、かなり上位の……。ならず者が制服だけ奪って着ているのとは、何か違う気がするんです」

リーゼロッテは頷き、偽王子とのいきさつをかいつまんで話した。ニーナは青くなって眉を吊り上げた。

「まぁっ、姫様またそんな危ない真似を！　しかも本物の剣を使うなんて、お怪我《けが》なさったらどうします⁉」

「そこはいいから。それより偽王子よ。もし近衛兵が本物だとしたら、偽王子が誰であろうと謀叛《むほん》を起こす計画はすでに相当進んでるってことだわ」

「宮廷内での派閥争いでしょうか」

「今レヴァンジールの国王様はご病気でしょ？　実質的な政務はリシャール王子様が執っていると聞いているけど、王妃様が政策に強い影響を及ぼしているのかもしれないわ」

「それを面白くなく思っている一派がいるということですね。だからって何も姫様を攫《さら》わなくたって……！」

「わたしがリシャール王子と結婚するとまずいらしいわ」

「姫様はローゼンクロイツ皇国の皇女様ですもの。結婚なさればリシャール王子様には確実に箔《はく》がつきます。——あっ、もしかしたら、結婚を機に国王様は退位されて、リシャール様に王位を譲られるおつもりなのでは？」

侍女の指摘にリーゼロッテは頷いた。

「反王妃派にはまずい事態ね……」

だが、肝心《かんじん》のエルンスト王子が偽者となると、単なる派閥争いでは収まらない。

あの男の正体が誰なのかわからないが、王家と縁もゆかりもない人間なのだとしたら、これはレヴァンジール王家に対する明確な反逆だ。

「近衛兵——らしき人たちは、王子が偽者だと知っているのでしょうか」

「そこが問題なのよね。もしかしたら彼らも騙されているのかもしれない……。あ、でもヴェランは王子が偽者だってことを知ってたはずだわ。わたしが指摘したときも全然驚いてなかったし、偽王子にも慌てた様子はなかった」

「ヴェラン？」

「黒っぽい赤毛の大男よ」

「ああ、姫様の大事な指輪を取り返してくれた人ですね。いったい何者なのでしょう」

「わからないけど、お金で雇われてるらしいわ。たぶん、手駒《てごま》が足りない分をそういう人間で補ってるのよ」

「ヴェランという人はともかく、他のむさくるしい男どもは完全にゴロツキですよ」

侍女は顔をしかめた。

「近衛兵が見張ってなかったら馬車に積んだ姫様の嫁入り支度を根こそぎ強奪してしまったに違いありません」

「その辺もわからないのよね。主義主張のしっかりありそうな、礼儀を心得た人たちと、盗賊まがいのならず者が混じってる。どう考えても変だわ」

「テロリストなんてそんなものじゃないですか？　何の考えもなく、単に暴れたいだけの人間が便乗《びんじょう》しているのかもしれませんし」

リーゼロッテは頷きながらも眉根を寄せた。

「そうかもしれないけど……、ヴェランは何か違う気がするの。カネで雇われてるだけだと言い張るわりにゴロツキとは雰囲気が全然違うわ。何をしてる人なのかわからないけど、相当手練の剣士であることは確かね」

しばらく黙り込んでいたニーナが、声をひそめて言い出した。

「姫様。ヴェランが偽王子に雇われただけだと言うのなら、こちらがもっと高額の報酬を提示して雇い返すのはどうでしょう」

「それ、言ってみたけど軽くあしらわれちゃった。持参金も嫁入り支度も、正確にいえばわたしの持ち物じゃないからダメだって」

「あらまぁ、ずいぶんと高潔《こうけつ》なお方ですこと。でしたら見込みがあるかもしれません」

「？　どういうこと？」

首を傾げるリーゼロッテに、侍女は含みのある笑顔を見せた。

「まぁここはひとつニーナにお任せください」

やがてまた覗き窓が開閉する音がして、扉が開いた。入ってきたのはヴェランで、憮然とした顔で大きな盆を掲げている。

「食事だ」

ぶっきらぼうに言って二人分の料理の皿が載った盆をテーブルに置く。深皿ではポタージュが湯気《ゆげ》をたて、スライスされたパンもあった。軽い朝食を取ったきりだった胃袋が素直にグゥと鳴り、リーゼロッテは思わず顔を赤らめた。

ニーナは杖にすがって立ち上がり、用心深くポタージュを掬《すく》って口に運んだ。続いてパンをちぎって異物が混入していないか確かめる。ヴェランが肩をすくめた。

「毒は入っていない。ついでに言えば眠り薬の類《たぐい》もだ」

侍女は重々しく頷いた。

「大丈夫のようです、姫様。お味もなかなかですわ。どうぞお召し上がりください」

リーゼロッテはいそいそとテーブルに就き、大地の女神に感謝の祈りを呟いて猛然と食べ始めた。男は呆れたように眉を上げた。

「そう急くな。喉に詰まるぞ。足りなきゃお代わりを持ってきてやるから」

もぐもぐ口を動かしながらリーゼロッテは頷いた。口のききかたはぞんざいだが、やはり根は親切なようだ。ヴェランは扉に寄りかかり、リーゼロッテの豪快な食べっぷりを感心顔で眺めている。本当にお代わりを持ってきてくれるつもりらしい。

そんなヴェランにニーナは居住《いず》まいを正して固い表情を向けた。

「時にヴェランどの。ご相談がございます」

「……何だよ、改まって」

明らかに警戒した顔つきでヴェランが侍女を眺める。

「あなたは報酬と引き換えに、――ええ、この……一団？　に雇われているそうですね。お見受けしまするに、腕に覚えのある剣士でいらっしゃるご様子」

「それがどうした」

「報酬はいかほどでございましょう？」

「知ってどうする」

「もちろん、もっとお支払いしますから、姫様をここから連れ出し、ローゼンクロイツ皇国に戻していただきとうございます」

きっぱりと言い切る侍女にヴェランが目を瞠り、リーゼロッテは唖然とした。

「ちょっと、ニーナ⁉」

「侍女どのはそんな大金をお持ちなのかな」

面白がる口調だ。ニーナは身を屈め、スカートの裾をごそごそいじったかと思うと男に金貨を突きつけた。

「ローゼンクロイツの純正金貨です。とりあえず、今これを十二枚持っておりますので、前金として差し上げましょう」

一枚で中流の四人家族が余裕で一か月暮らせるほどの価値がある、ローゼンクロイツ金貨を十二枚とは剛毅《ごうき》なへそくりだ。さすがにヴェランも感心した顔になった。

「前金だと？」

「はい。無事に姫様をローゼンクロイツの王宮まで連れ戻していただけたら、さらにあと五十枚、同じ金貨を差し上げましょう。言っておきますが、これはわたくしの私有財産でございます」

「ニーナったら、そんなお金持ってたの⁉」

「姫様、わたくしだって曲がりなりにも貴族の一員なのですよ。父から生前分与された財産がございます。姫様の侍女としてお仕えした報酬も、国庫からきちんといただいておりますしね。――ちなみにこの金貨は報酬としていただいた分ですから、自力で稼いだお金です。文句はございませんでしょう？」

呆れたように目を見張っていた男が、ぷっと噴き出した。

「さすが勇猛果敢な姫君の侍女だけあって、肝《きも》が据わってるな」

「旅行用ドレスの裾に金貨を縫い込んでおくとはいい考えね」

「備えよ常に、でございますわ、姫様」

澄ました顔で侍女は微笑んだ。ヴェランは腕を組み、不敵な笑みを浮かべた。

「面白い。だが、前の雇い主の不利益になることはできないな。俺もそこまで節操《せっそう》なしではないんでね」

「姫様をローゼンクロイツに連れ戻しても、あなたの雇い主の不利益にはなりません。雇い主が姫様を攫ったのはリシャール王子と姫様が結婚してはまずいからでしょう？　姫様が母国に戻ればとりあえずその心配はありませんもの」

「――なるほど」

ニヤリと男が顎を撫でる。リーゼロッテは半分呆れ、半分感心して侍女を眺めた。

「それって詭弁《きべん》じゃない？」

「筋は通ってます」

ヴェランはしばし考え、頷いた。

「いいだろう。今の条件で皇女の護衛を受けてやる。後で迎えに来るから準備しておけ」

「準備できることなんてないわよ。着替えも何もないんだもの」

むぅと口を尖らせてリーゼロッテは言い返した。

「そうか……。そうだな、馬車から降ろした荷物をこっちに運ばせよう」

「無駄よ。どうせヒラヒラしたドレスしか入ってないの。どれを着たって変わりないわ。それより剣を探してきてくれない？　荷物のなかに愛用のレイピアがあるの」

男は頷いた。

「わかった。――ところで、お代わりはいいのか？」

「いただくわ」

リーゼロッテは即答した。自分の分のポタージュとパンはすでに完食している。慌ててニーナが自分の皿を差し出した。

「とりあえずこちらをお召し上がりください、姫様」

男は感心した顔で空《から》になった皿を取り上げた。

「あんた、温室育ちのわりに図太いな」

「肝が据わってると言ってちょうだい。それから、温室育ちの薔薇にも棘《とげ》はあるってことを忘れないでほしいわね」

不敵に輝く瞳で凝視めると、ヴェランはくっくと喉で笑った。

「覚えておこう」

男が出て行くと、リーゼロッテは早速二杯目のポタージュを口にした。

「遠慮なくいただくわ、ニーナ。きっとお代わりのほうが熱々でいいわよ」

「まぁ、姫様。ありがとうございます」

くすくすと侍女は笑った。

「ニーナがいてくれて、本当に助かったわ」

「姫様の侍女ですもの、図太いのですわ」

ふたりは顔を見合わせ、囚《とら》われの身とは思えない笑い声を上げた。


「――おい、起きろ」

ぐっすり寝入っていたリーゼロッテは、肩を揺さぶられて朦朧《もうろう》と目を瞬いた。

「ん……、何よぅ、まだ暗いじゃないの……」

「寝ぼけんな。逃げるんじゃないのか」

ハッと我に返ってリーゼロッテは起き上がった。食事を済ませた後、脱走に備えて休息を取っておこうとベッドに横になり、そのまま熟睡してしまったらしい。同じくニーナも寝入ってしまっていたらしく、わたわたと髪を撫でつけたりしている。

ヴェランは呆れ顔で肩をすくめた。

「よく食うわ、よく寝るわ、マジで図太いお姫さんだな」

「だから、肝が据わってるとお言い！」

「姫様はお小さい頃からものに動じない質《たち》でいらっしゃいましたわ」

「えらい、ニーナ！」

辟易《へきえき》とした顔つきで男が革ベルトつきの鞘《さや》に収められたレイピアを差し出す。

「そうかよ。――ほら、これだろう？　マン・ゴーシュも持ってきた」

左手用の短剣まで抜かりなく出てくる。

「わぁ！　ありがとう」

リーゼロッテは目を輝かせて剣を受け取った。急いで装着し、仁王立《におうだ》ちして「よしっ」と気合を入れる。

「さぁ、ニーナ。行くわよ」

「いいえ、姫様。わたくしはここに残ります」

静かな侍女の言葉に、リーゼロッテは目を瞠った。

「何を言うの、ニーナ!?」

「この足では走れません。それに、ここに残って今申し上げたような言い訳をする必要もあります」

「そんなことしたら、あの偽王子は激怒するに違いないわ。あんな屁理屈《へりくつ》を面白がって受け入れるとは思えないもの。殺されるかもしれないのよ!?」

にっこりと笑って侍女は首を振る。

「姫様ほどではありませんが、わたくしにだって人質としての価値くらいございますわ。父伯爵はわたくしに甘いので、身代金を払ってくれるでしょう。姫様が泣きつけば皇帝陛下が払ってくださるかもしれません」

侍女は澄ました顔にしたたかな笑みを浮かべた。

「ご心配なく。ケガの手当てをしてもらったときの感じでは、話が通じない人たちではなさそうです。たいそう理性的——つまりは交渉の余地ありということですわ」

「ニーナ……」

リーゼロッテは尊敬のまなざしで侍女を凝視めた。親身だが口やかましい侍女が、こんなに駆け引き上手とは思わなかった。ヴェランが扉の外を窺いながら囁いた。

「侍女どのの言うとおりだ。ケガ人を連れてはいけない。皇女とリシャール王子の結婚を妨害するのが目的といっても、ローゼンクロイツの皇女はそれ自体に利用価値がある。むざむざ手放しはしないさ」

「姫様、どうぞ行ってください。わたくしのことはご心配なく」

「でも、ニーナ……」

「わたくしは姫様の侍女ですよ？　信用してくださいませ」

茶目っ気のある笑みを浮かべる侍女に、リーゼロッテは泣き笑いの表情になった。

「……わかった。必ず助けるから絶対死なないで。どんなホラを吹いてもいいわ」

「お任せください。見事煙《けむ》に巻いてみせますわ」

ぎゅっと侍女の手を握りしめ、リーゼロッテはヴェランと共に廊下に出た。

男が扉に鍵をかけているあいだに覗き窓を開けてみると、ニーナは悪戯っぽい顔で手を振ってベッドに潜り込み、頭から布団をかぶった。リーゼロッテが寝ているように見せかけるつもりだと知って目頭《めがしら》が熱くなる。

「——行くぞ」

促され、リーゼロッテは急いで目を拭った。

足音を忍ばせて階段を降り、中庭に出る。星明りだけの夜空が頭上に広がっていた。

鉄の門扉がかすかに軋む音に冷汗が浮いたが、建物の窓はどこも暗く、誰何《すいか》の声もかからなかった。

「こっちだ」

手招かれ、リーゼロッテはできるだけヒールの音を殺してヴェランの後に続いた。

夜闇に紛《まぎ》れるふたりの姿を、偽王子は暗い窓から黙って見下ろしていた。怒るでもなく、困惑したような表情だ。

「まだ逃げる気か……？　まったく、往生際《おうじょうぎわ》が悪いねぇ」

「追いますか？」

背後から尋ねたのは近衛隊の制服を着た騎兵だ。偽王子は頷いた。

「目を離すな。だが、絶対に気付かれないよう注意しろ。彼はやたらと気配に聡《さと》い」

頷いた騎兵が足早に退出する。偽王子は腕を組み、夜空を見上げて嘆息した。

「せっかく皇女を連れてきたことだし、明日にでも事情を話そうと思ってたのに……」

しょんぼりと肩を落として溜息をついたかと思うと、偽王子は一転して顎を反らし、ふんっと荒っぽく鼻息をついた。

「――ま、いいか！　にっちもさっちもいかない状態に追い込まれれば、ぐだぐだ思い悩んでるわけにもいかなくなるさ」

偽王子はにんまりとほくそ笑み、暗い街並みの向こうにそびえ立つ王城を不敵な面構《つらがま》えで眺めた。

第二章　じゃじゃ馬姫と決闘士

うーんと唸って寝返りを打ったリーゼロッテは、瞼《まぶた》に感じた眩《まぶ》しさに顔をしかめた。

もう、ニーナったら今朝は挨拶もせずカーテンを開けちゃったのかしら。あと少し、この至福のときを味わっていたいのに……。

「……。――ッ!?」

がばっ、とリーゼロッテは弾かれたように飛び起きた。

見知らぬ部屋だった。エーデルシュタイン宮で与えられていた居室とは似ても似つかぬ簡素な部屋。斜めになった天井には黒ずんだ太い梁《はり》。置かれた家具は曇った鏡のついたドレッサーとクローゼット、小さな丸テーブルに椅子が二脚だけ。

どれも古びてはいるものの、きちんと手入れされている。床も磨かれて掃除が行き届いた清潔な部屋だ。

「……そうだったわ」

逃げて、来たのだった。嫁入り途中に攫われて、謀叛を企《たくら》む偽王子の一党に捕らわれて。

彼に雇われていた剣士を、詭弁を弄《ろう》して逆に雇って。

――ヴェラン。

狭い室内に彼の姿がないことは一目瞭然《いちもくりようぜん》だ。ともかく起きようとして下着姿であることに気付く。身につけているのはシュミーズだけ。コルセットやペチコートはベッドの足元に置かれているが、ドレスはどこにも見当たらない。

「そんな……。どうすればいいの⁉　下着姿じゃ外に出られないわっ」

靴もなくなってる。昨夜、寝る前にきちんと揃えて置いたはずなのに。

仕方なく裸足で窓辺に駆け寄り、小さな窓を押し開けて覗いてみた。張り出した屋根が邪魔だったが、リーゼロッテは視界に飛び込んできた街の風景に歓声を上げた。

「わぁっ、綺麗……！」

清々しく光り輝く蒼穹《そうきゆう》へ伸びる幾つもの尖塔《せんとう》。カランカランと澄んだ鐘の音が聞こえてくる。遥《はる》か彼方《かなた》には朝日を浴びた壮麗《そうれい》な建物が、美しい木立に囲まれて佇んでいた。

「あれが王宮ね」

あそこへ行くはずだったのに、それを居酒屋兼旅籠《はたご》の屋根裏部屋から眺めるはめになるなんて。予想もしなかった展開だ。でも何故だか不安や恐れを感じない。むしろわくわくしている。こっそり読みふけった冒険小説の主人公になったみたいな気分だった。

ノックの音もなく扉が開き、振り向くと荷物を抱えたヴェランが立っていた。

「……起きてたのか」

「どこへ行ってたの？　服も靴も消えてるし、置き去りにされたかと思ったわ」

下着姿でも慌てることなく腰に手を当て、リーゼロッテは堂々と胸を張ってヴェランを睨んだ。目を逸《そ》らし気味に彼は持っていた荷物を差し出した。

「着替えだ。あんな宮廷ドレスじゃ目立ちすぎる」

受け取った包みをテーブルに置いて広げると、深緑の簡素なコットンドレスと焦げ茶色の長いフード付き外套《がいとう》、編み上げの短いブーツが出てきた。

「わぁっ、可愛い！　ありがとう、こういうの一度着てみたかったの」

ドレスを広げて身体に当て、くるりと回ってみる。

「サイズは合ってると思うが……」

「大丈夫そうよ。——あ、コルセットつけるの手伝ってくれる？」

リーゼロッテは手早くコルセットの留め金を嵌め、後ろを向いた。憮然と突っ立ったままのヴェランに小首を傾げる。

「どうしたの？」

「……やったことない」

「紐を引っぱって、結べばいいのよ」

ヴェランは溜息をつくとリーゼロッテの背後に歩み寄り、言われるままに紐を調節してリボン結びにした。

「よくこんなキツイもん着けてられるな。わざわざ締めなくたって、太くないのに」

「んー、防具みたいなものかしら。薄い鉄板が縫い込まれてるから、剣でちょっと突かれたってへっちゃら……」

いきなりぐるんと身体を回される。二の腕を掴んで顔を覗き込まれ、リーゼロッテはうろたえた。

「そんなにいつも危ない目にあってたのか!?」

「え？　いえ、そういうわけじゃ……」

やけに真剣な顔で問いただされ、ひくりと口許を引き攣《つ》らせる。

「ローゼンクロイツの宮廷がそんな伏魔殿《ふくまでん》とは知らなかった……」

「ち、違うわよ。王宮内で危険な目にあったことなんて一度もないわ。ただ、街に出れば多少は危ないことだって……」

あわわと口を押さえたが、ヴェランは察《さっ》しがついたらしく呆れ顔で深々と嘆息した。

「脱走の常習犯らしいな」

「それは言い過ぎよ。たまにブラブラ街歩きするだけ。たま～にね」

「フン。おおかた他人の喧嘩に首を突っ込んで大立ち回りでも演じたんだろう」

「多勢に無勢で苛《いじ》められているのを見過ごすわけにはいかないわ」

「あんたが怪我したら、助けようとした人間まで罰を食らうことになるかもしれないんだぞ。それじゃ本末転倒《ほんまつてんとう》だろうが。もう少し自分の立場ってものをわきまえたらどうだ？」

ぐっとリーゼロッテは唇を噛んだ。同じことを父にも諭《さと》されたなんてとても言えない。

「わ、わかってるわよ」

それでも見過ごせないのだから仕方ない。何か自分にもできることがあると思う。いや、そう思いたい。ただ綺麗に着飾って、親善大使も兼ねて他国へ嫁いでいく以外にも。

（だってそれは『皇女』としてできることだもの……。わたし自身にだって何かひとつくらい取り柄があるって思いたいのよ）

そんなことを言えば『お姫様のワガママ』とせせら笑われそうだ。リーゼロッテは口に出せない思いを握りつぶすように拳を強く握った。

ヴェランは黙ってリーゼロッテの表情を眺めていたが、やがてそっけない声で告げた。

「そのドレスはひとりで着られるはずだ。朝食を持ってきてやる。食べたら出発するぞ」

出て行く彼を見送り、気を取り直してリーゼロッテは与えられたドレスを手にした。


黒パンと新鮮なミルク、果実で朝食を済ませると、ヴェランと共に宿を出た。女だてらに剣を吊っていることは、焦げ茶色の長外套ですっぽりと全身を覆い、スカートのふくらみもあるからほとんどわからないはずだ。

「今朝、出かけたついでに持久力のありそうな馬を二頭買っといた。馬車じゃなきゃいやとか言わないでくれよ」

「ご心配なく。馬に乗るのは大好きよ。跨《また》がって飛ばすのも平気」

「……婦人用の鞍《くら》くらい用意してある」

石畳の狭い小路を並んで歩きながらリーゼロッテは尋ねた。

「ねぇ。ヴェランって普段は何をしてるの？」

少し間を置いて答えが返ってくる。

「――代行者。代理人……かな」

「代理人？　何の？　あ、もしかして借金取り？」

ヴェランは呆れたような顔を振り向けた。

「あんた、お姫様のくせに下世話なことをよく知ってるな」

「街で取り立てを見かけたことあるもの。あんまり暴力的で、つい割って入っちゃった」

「お節介《せっかい》も大概《たいがい》にしろ。どうせその場しのぎにしかならん。たとえ全額立て替えてやったところで根本的な問題はそのままだ」

「う……。そ、そうでしょうけど、行き会ったひとくらい手助けしたいじゃない。一生かかっても世界中のひとに会えるわけじゃないのよ？　出会ったひととは何かしらの縁があると思うの。……偽善とか言われそうだけど」

「別に、そうは思わん」

いつものようにそっけないが、口調には温かみが感じられる。リーゼロッテは研ぎ澄まされた男の横顔をそっと見上げた。

「……あなたも乱暴な取り立てをするの？　もう一日だけ待ってくれと泣いて頼むひとを蹴ったり殴ったり……」

「するか！　だいたい俺は取り立て人じゃない」

「じゃあ何を代行してるのよ」

四つ辻《つじ》に差しかかり、射し込んだ陽射しの眩しさにリーゼロッテは目を眇《すが》めた。そこは小さな広場になっていて、白い日除《ひよ》けをかけた屋台がずらりと並んでいる。

「市場だわ！　ねぇ、ヴェラン、ちょっと見ていきましょうよ」

「物見遊山《ものみゆさん》じゃないんだぞ。朝飯は食っただろうが」

「ちょっとだけ。ね、いいでしょ？　エーデルシュタインの市場とどんなふうに違うか見てみたいの」

「さして変わらんと思うが……」

「あっ、そうだわ。お昼に食べるものを買っておいたほうがいいんじゃないかしら？　パンとチーズと、そうそう、ワインも！」

「ピクニックじゃねぇんだぞ!?」

ヴェランは目を剥《む》いたが、リーゼロッテはうきうきした足どりで市場の雑踏に踏み込んでいってしまう。はぁっと溜息をつき、ヴェランは大股で後を追った。

「まったく……、お姫さんは気楽なもんだ」

そんな不機嫌そうな表情も、物怖《ものお》じせず目を輝かせて屋台の売り子たちとやりとりするリーゼロッテを見ているうちになごんでくる。

ローゼンクロイツ皇国の皇女という高貴な身分にもかかわらずリーゼロッテには気取りや取り澄ましたところがなく、無邪気な市井《しせい》の少女のようにあれこれと尋ねていた。相手をする売り子たちも、つり込まれたようにニコニコと笑顔で答えるばかりか、気前よく試食品を差し出したりしている。ヴェランは感心して独りごちた。

「あれも一種の人徳かね」

とても深窓《しんそう》の姫君とは思えぬ逞しさだ。

「……父親譲りってとこか」

ふっと笑みを洩らすと、頬を紅潮《こうちょう》させてリーゼロッテが駆け戻ってきた。

「ヴェラン！　あのチーズ凄く美味《おい》しいの。買いたい！　お金貸して、必ず返すから」

苦笑してヴェランはリーゼロッテに革の小袋を渡した。

「豪勢なドレスを売った残りだ」

「えっ、使っていいの!?」

「元はあんたのドレスだからな」

「嬉しい！　ありがとう」

リーゼロッテはヴェランを引っぱって戻り、小さな塊《かたまり》のチーズを数種類買った。それから パリッとしたバゲットを数本と、味見をして気に入った赤ワイン。スグリと木苺《ラズベリー》。

それらを入れるために、途中で見かけた雑貨屋で斜め掛けできる合切袋《がっさいぶくろ》と、馬の鞍に装着できる振り分け袋も買った。

「さぁ、これでお昼の支度は万全《ばんぜん》よ！」

「だからピクニックじゃねぇって……」

「チーズの種類が多くて驚いちゃった。レヴァンジールの名産品だものね。でもソーセージはローゼンクロイツのほうが種類も豊富だし、美味しそう。こっちは白より赤ワインが多いのね」

「全然聞いてねぇな……」

辟易《へきえき》と嘆息しながらも、ヴェランは油断なく周囲を窺っていた。

今のところ追っ手らしき気配は感じない。住まいはすでに捜索されているだろうが、昨夜泊まった宿屋はヴェランの塒《ねぐら》からも偽王子一党のアジトからも離れた場所だ。主人は以前からの知り合いで、口が固いことは信用できる。

思わぬ寄り道をしてしまった。ともかく一刻も早くラルシュを出なければ。

パンやチーズを詰め込んだ合切袋をマントの上から斜め掛けしたリーゼロッテは、相変わらず好奇心いっぱいの顔で熱心に周囲を眺めている。

軽く舌打ちして急き立《せ》てようとすると、怯《おび》えきった震え声がどこからか聞こえてきた。

「す、すみませんでした。許してください……！」

小ぎれいな恰好をした若者が数人のゴロツキに囲まれている。王都に来たばかりの田舎貴族だろう。腰に剣を吊っているものの使い慣れた様子はなく、柄に手をかけるどころか両手を上げて青くなっている。

若者に絡んでいる男のひとりに見覚えがあった。ヴェランはチッと舌打ちをしてリーゼロッテの腕を掴んだ。偽王子一派とは関係ないが、あえて関わりたくもない。

「おい、行くぞ」

無言で振り払われて目を瞠る。リーゼロッテは決然とした足どりで進み出た。

「ねぇ。ちょっとぶつかったくらいで目くじらたてることないんじゃない？　わざとじゃないんだから。こんなに大勢の人が行き交ってるのよ？」

止める暇もなくリーゼロッテが抗議の声を上げる。ヴェランは頭を抱えたくなった。

(割り込むなら、せめてものの言い方を考えろよ……)

正義感ゆえだろうと、それでは喧嘩を売るも同然だ。

だが、若くて無鉄砲な皇女様にそつのない仲裁《ちゅうさい》は期待できそうにない。案の定、別の獲物を見つけたと言わんばかりにむくつけき男どもは揃ってリーゼロッテに向き直った。

「何だァ？」

「どこのお嬢様か知らねぇが、余計な口出しするんじゃねぇぜ」

「痛い目を見たくなかったらすっ込んでな。それとも遊んでほしいのかい」

どっと野卑《やひ》な笑い声が上がる。リーゼロッテは眉を逆立ててゴロツキを睨んだ。

「痛い目を見るのはそっち――」

すっ、と目の前に影が射す。

広い背中に視界を塞がれて、リーゼロッテは目をぱちくりさせた。

「ちょっと！　邪魔しないでよ」

「何だよ、ヴェランじゃねぇか」

驚いてひょこっと顔を覗かせると、ゴロツキのなかでもひときわ体格がよく、凶猛《きょうもう》そうな顔つきの男が凄味のある笑みを浮かべていた。

（……知り合い？）

男はリーゼロッテとヴェランを交互に見て、舌なめずりするように嗤《わら》った。

「へぇ、お嬢様の護衛か……。割のよさそうな仕事してるじゃねぇか。ちょうどいい、この旦那に思いっきりぶつかられて古傷が開いちまってな。そこのご親切なお嬢様に見舞い金を肩代わりしてもらおうか」

「しばらく見ないうちにヤワになったもんだな。強制労働で鍛えられたかと思ったが」

冷ややかなヴェランの応答に、男の顔が怒りでどす黒く変わる。

（強制労働？　それじゃ、この男は罪人……だったってこと？）

ヴェランは肩に担いでいた振り分け袋をリーゼロッテに持たせると、そっと押しやった。

「下がってろ」

厳しい表情に気圧されてコクリと頷き、リーゼロッテは野次馬《やじうま》が集まっている辺りまで後退った。

男は左右の仲間にちらと目をやった。心得顔でふたりはヴェランの退路を立つように取り囲む。男は歯並びの悪い歯を剥きだして嗤った。

「ちょうどいい。こないだのケリをつけようぜ」

「決着ならすでについている。おまえは負けて、規定の罰金を払えなかったがゆえに強制労働を課せられた。俺に絡むのは筋違いだ」

「うるせぇっ」

男はいきなり抜剣し、襲いかかった。ヴェランは身を躱《かわ》しながらすらりとバスタード・ソードを抜き放つ。同時に背後から仲間が攻撃をしかけてきた。

「あっ、この卑怯者《ひきょうもの》！」

リーゼロッテは叫んだ。ヴェランは素早く包囲から抜け出し、巧みに剣を振るって三人を自分の前面に集めた。

「おい。あれ、決闘士のヴェランじゃないか？」

「ああ。確か相手も決闘士だ。名前は忘れたが……」

背後から野次馬が交わす会話が聞こえてきて、リーゼロッテは振り向いた。

「決闘士？　何なの、それ？」

「決闘代理人だよ。報酬と引き換えに雇い主の決闘を代行するんだ」

リーゼロッテはびっくりして訊き返した。

「決闘なんて禁止されてるんじゃないの!?」

「ああ、お嬢さんは外国のお人だね。レヴァンジールでは裁判所の認可が得られれば正式に決闘を行なうことができるのさ」

こざっぱりとした身なりの男が、得意気に解説してくれる。

「もちろん、私闘は禁止されてる。……実際には後を断たんがね」

連れの男がしたり顔で頷いた。

「とはいえ真剣を使った勝負、怪我では済まないこともある。だから大抵、腕に覚えのある剣士を双方が雇うんだ。決闘の代行を専門に行なう剣士が決闘士——決闘代理人だよ」

「ヴェランが、決闘代理人……」

呆然とリーゼロッテは呟いた。三対一の勝負はいつのまにかひとり減って二対一になっていた。市場の買い物客も見物に集まってくる。彼らにとっては恰好の娯楽なのだろう。無責任な声援を送り、囃《はや》し立てて る民衆の姿に、リーゼロッテは青くなった。

（どうしよう、まさかこんな騒ぎになるなんて……！）

「ヴェランの勝ちに三リーヴル！」

「よし乗った！」

なんと賭け事まで始まってしまった。子供は飛び跳ね、女たちは黄色い歓声を上げる。声援は一方的にヴェランに向けられていた。精悍な美丈夫のヴェランに対し、三人組が対抗できるのは体格のよさだけで、顔はお世辞《せじ》にも見目麗《みめうるわ》しいとは言えない。

「色男さん、頑張って〜！」

「勝ったらキスしてあげる！」

きゃあきゃあと浮かれさざめく女たちをリーゼロッテは横目で睨んだ。何だかわからないが大変面白くない。負けじとリーゼロッテも声を張り上げた。

「ヴェラン！　そんな奴らに負けるなんて許さないから！　負けたらクビよ！」

応援というより脅《おど》しだったが、興奮した本人はまるで気付いていない。頬を紅潮させ、眉を吊り上げるリーゼロッテをちらりと見て、ヴェランは苦笑したようだった。

またひとり、ヴェランの猛攻を受けて剣を取り落とす。残るは最初に絡んできた大男だけだ。男は目を血走らせて歯ぎしりした。

「くそぉおっ、貴様のせいで俺はすっからかんになっちまったんだぞ、この野郎！」

「俺のせい？　単におまえが負けっぱなしなだけだろう」

冷笑され、男はますます怒りを煮えたぎらせる。

「死ねぇっ！」

完全に殺気立って男は剣を振り回した。頭に血が上り、無駄な動きをしていることに気付きもしない。ヴェランは憎らしいほどギリギリで攻撃を避けつつ、男の衣服を巧みに切り裂いてゆく。それがますます男を激昂させた。

ピュイッ、と警告を発するような口笛が何処《どこ》かで響く。ドカドカと馬蹄《ばてい》が轟き、ブーツの足音やガチャガチャと武具の鳴る音が近づいてきた。

「こらぁっ、何をしておるか！　私闘は禁止だぞーっ」

野太い胴間声《どうまごえ》が響きわたり、ヴェランは視線を走らせてチッと舌打ちした。

リーゼロッテの周りでもどよめきが上がる。

「やべぇ、市中警邏隊だ」

「くそっ、早く勝負つけろよ！　賭け金が無駄になっちまう」

そんな声が聞こえたわけでもなかろうが、ヴェランは警邏隊《けいらたい》の出現に気を取られた男の隙をついて、身体をひねりながら長い脚を勢いよく振った。見事に踵《かかと》が側頭部に決まり、吹っ飛ばされた男が石畳に転がる。

　わああーっと歓声が上がると同時に手首を掴まれ、リーゼロッテは走り出していた。雑踏《ざっとう》に紛《まぎ》れながら振り向くと、伸びている男を兵士が取り囲み、仲間ふたりが青くなって言い訳しているのがちらりと見えた。

　しばらく走り続け、ようやく足どりをゆるめてヴェランは嘆息した。

「くそっ、逆方向に来ちまった。えらい回り道だ」

「あの……、ごめんなさい」

　さすがに悪かったと思ってリーゼロッテはしょんぼりと肩を落とした。ヴェランは横目でじろりと睨んだものの、何も言わずに掴んでいた手を離した。

　落とすまいと握りしめていた振り分け袋を取り上げ、ひょいと自分の肩に載せる。

「――この辺りは物騒《ぶっそう》だ。絶対に俺から離れるな」

　剣呑な目つきで念押しされ、リーゼロッテは頷いた。

「わ、わかったわ」

　ずんずん歩いていくヴェランの後を、左右を気にしながら付いていく。

　道幅の狭い小路はくねくねと曲がっていて、両側にそそり立つ建物は微妙に傾《かし》いで上から覆いかぶさってくるかのよう。どの方角へ向かっているのか見当もつかない。

　向かい合った建物の間には何本もロープが張られ、妙に薄汚れた感じの洗濯物がだらりと垂れ下がっていた。

エーデルシュタインのお忍び歩きでも、これほど場末《ばすえ》のほうまでは来たことがない。黙っていると不安がむくむくとふくらんできて、リーゼロッテは上擦《うわず》った口調でヴェランに話しかけた。

「ヴェランって決闘士だったのね」

「……まぁな」

「払えなかった罰金って何？」

「請け負った決闘で負けると、契約金の倍額を雇い主に払わなければならないんだ。払えなければ裁判所から強制労働を課せられる」

「厳しいのね……」

決闘が公然と許されていると聞いたときには『なんて野蛮な！』と思ってしまったが、かなり厳密に施行されているらしい。

「ローゼンクロイツでは決闘は全面禁止か？」

「高位貴族の間でなら、名誉が関わる諍《いさか》いに限って認められるわ。でも、代行はだめ。介添え人は付くけど、闘うのは本人よ。皇帝の御前で、エペを使うの。大事になる場合もあるから滅多に行なわれないわ」

ヴェランは皮肉げな笑みを浮かべた。

「さすが皇国はお上品だな。レヴァンジールがさぞ野蛮に思えることだろう」

「別に……、ちょっと荒っぽいなとは思うけど」

一瞬でも『野蛮』と考えてしまったことに気が咎《とが》めて、リーゼロッテは言葉を濁《にご》した。

ヴェランはきびきびと歩を進めながら明瞭《めいりょう》な口調で続けた。

「レヴァンジールではまだまだ中央集権が徹底していないんだ。王都周辺の直轄地はともかく、地方までは国王の威光も届かない。領主は領内裁判権を持っていて、決闘が行なわれることも王都よりずっと多い」

「それじゃ、地方まで出かけることもあるの？」

「たまにな。以前は仕事を探しながら国中を回ってた。王都に住むようになったのは数年前だ」

「どうして旅をやめたの？」

何不自由ない生活を送っていても基本的に王宮から出られないリーゼロッテからすれば、自由に旅ができるなんてすごく羨《うらや》ましい。

ヴェランはしばらく答えなかった。

「……迷い始めたから、かな」

「何に？」

「色々」

答えはひどくそっけなかった。リーゼロッテは首を傾げた。

(迷ってるなら、むしろ旅を続けるんじゃないのかしら……)

だが、ヴェランはもう答える気はないらしい。口を引き結んで大股に歩いていく。

その後を懸命に追ううちに、リーゼロッテはすれ違う人や道端に座り込んだ人たちから妙にまじまじと見られているような気がしてきた。見慣れない人間が小走りに歩いてるせいだろうか。

「――ヴェラン。もうちょっとゆっくり歩いてくれない?」

「ここらは柄の悪い連中が多いんだ。早く抜けたい。もう少し行けば貸し馬屋のある通りに出られるから」

リーゼロッテは溜息をついた。仕方がない。回り道を余儀《よぎ》なくされたのも元はといえば自分が原因だ。だが、進むにつれて陰から見られている感覚はますます強まっていく。

きょときょと周囲を見回していると漆喰《しっくい》の剥《は》がれ落ちた煉瓦壁《れんがべい》の貼り紙が目に留まった。

リーゼロッテはぎょっとしてヴェランの上着を掴んだ。

「見て! あれ、わたしじゃない!?」

足を止めたヴェランが急いで貼り紙をむしり取る。覗き込むと、そこに描かれているのは間違いなくリーゼロッテの顔だった。構図に覚えがある。おそらく婚約を承諾したときにリシャール王子に贈った肖像画を写したのだろう。

「よく描けてるわね～」

「感心してる場合か！　くそ、もうこんなものが出回ってるとは」

ヴェランは人相書《にんそうがき》をビリビリに引き裂き、眉を逆立てた。ふたりが足を止めるのを待っていたかのように、どこからともなく人影がわらわらと湧きだしてくる。

「走れ！」

ヴェランに手首を掴まれ、つんのめりながらリーゼロッテは走り出した。

「に、偽王子の、仕業《しわざ》、なの……ッ!?」

「誘拐犯が貼り紙なんぞするわけないだろ！　警邏隊の正式手配書だ。名前は伏せられてるが高額な賞金がかかってる」

「手配書!?　わたしって賞金首なの!?　うわぁ……」

「浮かれてんじゃねぇぞ！」

「だってこんなの初めてなんだものーっ」

片手でスカートの裾をからげ、リーゼロッテは必死に走った。

逃げ回るうちに通りの雰囲気が変わり始め、胸元をやけに露出させたしどけない格好の女たちの姿が目立ち始める。壁に寄りかかったり、窓から胸の谷間を強調するように身を乗り出してキセルを吹かしたり……。建物の窪《くぼ》みで密着させた身体をくねらせている男女の姿に目を丸くすると、ヴェランが怒気《どき》もあらわに舌打ちした。

「目をつぶれ！　皇女様がご覧あそばすもんじゃねぇ」

「目をつぶったら走れないわよ」

抗議するとまたヴェランが鋭く舌打ちした。だがそれはリーゼロッテに向けたものではなかった。前方からも賞金目当ての者たちが集団で現れたのだ。

「こっちだ」

ぐるんっと勢いよく角を曲がる。路地はますます迷路のように入り組んで、すっかりわけがわからなくなった。

「くそっ、行き止まりか」

袋小路に入り込み、ヴェランは歯噛みした。引き返そうとすれば角の向こうから入り乱れる足音と怒鳴り合う声が聞こえてくる。

ヴェランは、人ひとりがやっと通れるような狭い路地にリーゼロッテを引きずり込むと、羽織っていたマントをむしり取って自分の肩にかぶせた。

続いていきなりスカートをめくり上げられ、リーゼロッテは仰天《ぎょうてん》した。

「ちょっと！　何するのよ⁉」

「黙ってろ」

有無を言わさぬ口調と据わった目つきにコクリと唾を呑む。荒々しく抱き寄せられ、逞しい胸板が密着して鼓動が跳ね上がった。故意か偶然か、男の唇が首筋に触れる。

どやどやと足音が通りすぎるのを、リーゼロッテは身体を硬直させながら待った。

「どこ行った!?　こっちに来たと思ったんだが……」

「仕方ねぇ、引き返せ」

口々にわめきながら賞金目当ての男たちが引き上げてくる。ヴェランの腕に力がこもったかと思うと急に顔が近づいて、気がつけば唇を塞《ふさ》がれていた。衝撃と混乱で頭が真っ白になる。悪態《あくたい》をつきながら男たちが遠ざかり、唇を離したヴェランが安堵の息をついた。

「……行ったか」

カーッと頭に血が上り、リーゼロッテは力任せにヴェランの横面《よこつら》をひっぱたいた。

「何するのよーっ」

「叫ぶな！　戻ってきちまうだろうがッ」

ハッとしたがすでに遅い。「何だ今のは」と言いながら、一度は去った男たちが引き返してくる。路地に男たちが踏み込むと同時にヴェランが怒鳴った。

「ふざけんな！　カネ払ったんだぞ、きっちりヤらせろよ」

「んな……ッ!?」

わなわなとリーゼロッテは震えたが、低声で『合わせろ』と鋭く囁かれて唇を噛みしめる。キリキリと眉を吊り上げ、リーゼロッテは怒鳴り返した。

「冗談じゃないわ、あんな端金《はしたがね》！」

「端金だと!? 一日分の稼ぎだぞ」

「ふんっ、この甲斐性《かいしょう》なし！ おとといおいでッ」

ぎゃあぎゃあわめきあう様に、男たちは「何だ、痴話喧嘩《ちわげんか》か」と去っていく。耳を澄ませ、足音が充分遠ざかった頃を見計らい、はぁっとヴェランは肩を落とした。

「今度こそ行ったな……。しかしあんた、本当に下世話な言葉をよく知ってるな。甲斐性なしだのおととい来やがれだの」

「来やがれとは言ってないわ。……小説で読んだのよ」

赤くなってリーゼロッテは目を泳がせた。ヴェランはマントをリーゼロッテに返し、足元に落ちていた合切袋を持たせた。後れ毛を耳にかけ、そっと頬を撫でて彼は囁いた。

「……悪かった」

艶《つや》めく低声が耳朶を撫でる感覚にぞくんと震える。喘《あえ》ぐように凝視めると、ヴェランは半開きの唇を指でたどり、悩ましげに眉根を寄せた。ふたたび唇を塞がれ、リーゼロッテは目を見開いた。

「むぐ……、んんッ」

バシバシ胸板を叩いたが、顎を掴まれて壁に押しつけれてしまう。息が苦しくなって生理的な涙が浮かんだ。ようやく唇が離れたかと思うと、ろくに息継ぎもできないままさらに深くくちづけられた。

酸素不足のせいか、頭がぼうっとしてくる。ヴェランは角度を変えながら幾度もくちづけを繰り返した。荒々しく、情熱的な抱擁《ほうよう》に現実感が薄れてゆく。

押し退けようとしていた手が力なく滑り落ち、中途半端に抱きつくような格好になってしまう。いつのまにかリーゼロッテは無意識にくちづけに応え始めていた。

互いの唇を吸う音に熱い吐息がこぼれる。ヴェランの膝がスカートを割り広げ、膝頭で脚の付け根をこすられる感覚にぞくりと震えが走った。

大きな掌がスカート越しに腿を撫で、腰を這い回り、脇腹から胸へと上ってくる。ぐっと乳房を掴まれる感覚で我に返り、リーゼロッテは反射的に膝を撥ね上げた。

「い、いい加減にしなさいっ」

「おぐ!?」

ドゴッと鳩尾《みぞおち》に膝頭《ひざがしら》が食い込み、ヴェランは息を詰めてよろよろと後退った。

「あっ、ごめんなさい！」

やりすぎた、と青くなって詫《わ》びると、ヴェランは何度か噎《む》せながら首を振った。

「……いや、俺が悪かった。すまん、つい」

「つい何!?」

照れくささのあまり詰問してしまう。

「その……そそられた」

気まずそうに呟いて、ヴェランは路地の入り口から顔を出して周囲を確かめた。その後ろでリーゼロッテは真っ赤に頬を染めていた。

「行くぞ。フードを深くかぶれ」

言われたとおり目深くフードを降ろし、そそくさと後に続く。今度はヴェランは手首を掴むのではなく、そっと手をつないでくれた。リーゼロッテは小声で囁いた。

「ねぇ……、そそられたって本当？　わたし、ひょっとしてけっこう色っぽい……？」

「…………目の錯覚だ」

「何それ!?　失礼しちゃうわ」

憤慨《ふんがい》しても彼は振り向きもしない。その代わり、繋いだ手にほんの少しだけ力がこもったような気がした。

その後は何事もなく、予定していた貸し馬屋にたどり着いた。

ヴェランは馬を二頭、買い取りという形で予約していた。保険のようなもので、きちんとした状態で返せばかなり返金してもらえるようだ。

リーゼロッテは馬の準備をするヴェランを待つ間、自分の顔が描かれた手配書を眺めた。逃げ回りながら、壁に何枚も貼られたうちの一枚を引き剥がしてきたのだ。

しばらく迷いながら手配書を眺め、意を決してヴェランに歩み寄る。

「あのね、ヴェラン。ちょっと相談があるんだけど」

「何だ」

「わたし……、ローゼンクロイツに帰るのはやめようと思うの」

ヴェランは呆気《あっけ》にとられた顔でリーゼロッテを見返した。

「帰らないだと？　あんな危ない目に遭ったってのに」

「戻ったところでまた嫁に出されるに決まってるもの……。厳重な警備をつけて送り返されるのが関の山」

「だったら安心だな」

皮肉っぽくヴェランが笑う。もどかしい気持ちでリーゼロッテは手配書を握りしめた。

「……わたしはこの国で何が起きているのか知りたい。偽王子が言っていたことを鵜呑《うの》みにするつもりはないけど、まるきりでたらめとも思えないの」

「いつの世にも不満分子はいるものさ」

「そうね。レヴァンジールの情勢が特に不穏だとも聞いてない。偽王子一派が何を目論《もくろ》んでいるのかはわからないわ。でも、自分たちの目的のために亡くなったエルンスト様を利用しているのが……すごくいやなの」

ヴェランは腕を組み、気難しげにリーゼロッテを眺めた。

「……わたし、エルンスト王子の婚約者だったの。本当なら彼と結婚するはずだった。海難事故さえなければ……。わたしね、エルンスト様がすごく好きだったわ。好きな人の元にお嫁にいけるなんて、何て幸運な皇女だろうって思ってた。ローゼンクロイツの皇女にとって結婚は義務……いえ、使命だから。今でもエルンスト様はわたしにとってとても大切な人なの。彼を利用するなんて許せない。そんなこと、絶対させないわ」

リーゼロッテは手配書をくしゃくしゃに丸めてポケットに突っ込んだ。

「偽王子たちがどんな不満を抱えているのか知らないけど、エルンスト様を利用するなんてやめてほしい。不満があるなら何か別の方法で訴えてほしいのよ」

「だったらこのまま王宮へ行くか？　そこでリシャール王子に訴えればいい。エルンスト王子の偽者にかどわかされたと」

「いいえ、行かないわ。偽王子たちの主張には何の根拠もないと納得できるまで、王宮に入りたくはありません」

「……王妃を疑っているのか？　偽王子が言っていたように、本当に王妃がエルンスト王子を殺させた、と？」

リーゼロッテは震えそうになる唇を噛みしめた。

「わからない……。何が本当で、何が嘘なのか、今は全然わからない。でも、もし本当の話だったら、そんな人の待つ王宮になんかとても行けないわ。きっとわたし、大声で罵《ののし》ってしまう。わたしの大切な人を奪った償《つぐな》いをさせずにはいられないでしょう。それでは皇女としての役目を果たせない。逆に諍《いさか》いの火種《ひだね》を撒《ま》き散らすようなものよ」

「だったらどうする？　ローゼンクロイツに帰らず、レヴァンジールの宮廷にも行きたくない。偽王子の元へ戻る気もないんだろうな」

「あたりまえよ。もちろんニーナは返してもらうけど。——ああっ、そうだわ！　ニーナを早く助け出さなくちゃ」

リーゼロッテは顔をしかめ、己の頭をぽかぽか叩いた。

「んもうっ、わたししってなんて馬鹿なのかしら！　のんきに市場の見物なんかしてる場合じゃなかったのに」

「お姫様育ちだ、多少浮世離れしてても仕方ない」

「そんなの言い訳にならないわ。もしニーナが拷問でもされたら……っ」

「人質はいい金づるだから拷問なんかしないさ。肝の据わった侍女だ、今頃自分を高く売りつけてるだろうよ」

「誰か、身代金を肩代わりしてくれそうな人に心当たりない？　できれば名のある貴族で、公平な人柄で、中立の立場だといいわ。国王に意見が言えるような人なら、さらに申し分ないんだけど」

「贅沢な注文だな」

「そうよね……」

しゅん、とリーゼロッテはうなだれた。

「でも、偽王子たちの言い分も聞いてあげてほしいの。エルンスト様の死に疑いがあるなら、きちんと調べてほしいし……。あやふやにしたくない」

しばらくヴェランは眉間に皺をよせて考え込んでいた。

「……ひとり、心当たりがなくもない」

「えっ、本当⁉　誰？」

「地方領主だ。高位貴族で、王家にも縁がある」

「頼みを聞いてくれそう？」

「たぶんな。少なくとも話は聞いてくれるだろう。あんたの意思を無視して王宮側に引き渡したりはしない、はずだ」

リーゼロッテはじっとヴェランを凝視めた。

「何だか気が進まないみたいね」

「いや……、そういうわけじゃないが……」

否定しながらもヴェランの歯切れは悪い。彼は首を振り、軽く嘆息した。

「いつかは顔を出さなきゃならんと思ってたんだ。潮時《しおどき》なのかもしれないな」

(何か義理でもあるのかしら……？)

ヴェランはそれ以上何も言わず、馬の準備を整えると早速出発した。

あんな裏通りにもあったくらいだ、どこまで手配書が出回っているのかわからない。

リーゼロッテはフードを目深くかぶって顔を見られないよう用心した。

幸《さいわ》いヴェランは手配されていない。少なくとも偽王子の一味が捕まるか、ヴェランひとりを誘拐犯として密告でもしない限り大丈夫だろう。

それでも用心して市門の往来が激しくなる頃合いを見計らって街を出た。

警備兵は騎馬よりも馬車のほうに注意を払っていた。まさか、誘拐された女性がひとりで馬に乗るとは思わないだろう。

見知らぬ街道を見知らぬ場所へ向けて思いっきり馬を飛ばしつつ、リーゼロッテは不安よりもわくわくと胸が踊るような解放感を覚えずにはいられなかった。


ふたりは南東に向かって街道をひた走った。

途中、立ち寄った街では貼り紙は見かけなかったものの、市中を巡回する兵士たちの目に留まらないよう用心した。何らかの通達が回っているかもしれない。

念には念を入れようとリーゼロッテは男装することにした。動きやすくていいと思ったのに何故かヴェランはいい顔をしない。暴走に拍車がかかるとでも思っているのだろうか。

渋い顔のヴェランを尻目に、リーゼロッテはご機嫌だった。短めの黒いショースに腿の中程まであるブーツを合わせ、ふんわりしたプールポワンを着た。

鍔《つば》の広い羽飾り付きの帽子をかぶり、くるりと回ってにっこりしてみせる。

「どう？　似合う？」

「……物見遊山ではないと言ったはずだが」

「わかってるわよ。だから動きやすい格好をするんじゃない。で、どう？　似合う？」

「俺は、女はスカートを履いてるほうが好きだ」

ふんと鼻息をつき、ヴェランは踵《きびす》を返した。リーゼロッテは呆れ顔で後を追った。

「もうっ、頑固いわねぇ！　わたしだってレースとリボンで飾った可愛いドレスのほうがずっといいわよ。でも今は好き嫌いを言ってる場合じゃないでしょ。ドレスなんか着てたらそれこそ物見遊山じゃないの」

ムッとした顔でヴェランはリーゼロッテを睨んだ。

「だからって男の格好なんぞすることはない」

「頭固すぎない⁉　今は動きやすい格好が一番よ。だいたいね、あなたはわたしに雇われてる身の上なのよ。わたしが何を着ようが文句を言われる筋合いはないわっ」

「俺の雇い主はあんたの侍女だ」

（ああ言えばこう言う……ッ）

あの減らず口をむしってやりたいっ、とリーゼロッテは両手を不穏にわなわなさせた。

ヴェランはぶすっとした顔のまま馬の手綱《たづな》を取り、不機嫌そうに呟いた。

「……俺は、あんたが何を着てようが守ってやれる」

ひらりと馬に跨《また》がり、さっさと歩きだすヴェランを、リーゼロッテは慌てて追いかけた。

「そ、それはありがたいんだけど、自分の面倒くらい自分で……」

馬を並べ、険《けわ》しいヴェランの顔つきを見てリーゼロッテはふと気付いた。

（あ……。もしかして……）

「あっ、あのね、ヴェラン。別にあなたを信用してないわけじゃないのよ？　ヴェランがすっごく強くて頼りになるのはわかってる……。でもねっ、なるべく負担はかけたくないの。ほら、長いスカートなんか履いてたら、逃げる途中にうっかり裾を踏んづけて転ぶかもしれないでしょ？　もちろん間違いなくヴェランは助けてくれるに決まってるけど、助けられる側としては、やっぱりそういう粗忽《そこつ》な失敗は避けたいわけよ。恥ずかしいし、顔面を強打するかもしれないわ」

「……それもそうだな」

顔面強打という言葉を聞いて、急に思い直したらしい。ヴェランは真剣な顔で頷いた。

「あんたの綺麗な顔に傷がついたら大変だ」

「えっ……、わ、わたしそんなに綺麗……!?」

急に熱くなった頬を押さえると、ヴェランはハッと顔を上げ、いきなり無表情になった。

「客観的に見て美人の部類には入るだろう」

妙に堅苦しい顔で言われ、リーゼロッテはしょんぼりと肩を落とした。

(なんか嬉しくない……)

客観的に見て美人なら、誰が見ても美人だということだろうけど……。

(それより主観的に、『可愛い』とか……)

カァアッと顔が熱くなる。リーゼロッテはぶんぶん首を振った。

ないない！　それはない！　っていうか別にヴェランに可愛いって思われたいわけじゃないし……っ。

「――顔の筋肉をほぐしてるのか？　美人を維持するのは大変だな」

しみじみ感心したような声に、リーゼロッテはハタと我に返った。くうぅと唇を噛む間にヴェランは馬の足どりを速めて先に行ってしまう。

(ふんっだ、こんな頭固くて面倒くさい男に好かれる必要なんてないわっ)

馬の腹にかかとを当て、リーゼロッテは昂然と顎を反らしてヴェランと並んだ。彼は胸元に下げたペンダントをぼんやりと弄《いじ》っていた。物思いにふけるときによくやる仕種だ。

リーゼロッテはそろっとペンダントを窺い見た。以前、気付いて尋ねたら彼は急に不機嫌になって隠してしまったのだ。それは何？　と尋ねると、ぶっきらぼうに『お守り』と答えた。そう言われたら見せてとねだるのも気が引ける。

いつもヴェランが握り込んでいるからよくわからないが、けっこう大きくて厚みのあるデザインのようだ。

（……大切なもの……なのね……）

誰かからもらったのかもしれない。たとえば……好きなひとから、とか……？

そう考えたとたん胸がちりっとして、リーゼロッテは顔をしかめた。

（何よ。ヴェランに好きな人がいたっておかしくないでしょ……）

リーゼロッテは手綱を握る自分の左手に視線を落とした。今は革の手袋を嵌めているが、その下ではアクアマリンの指輪がひっそりと輝いている。

（エルンスト様……。わたし、何だか変だわ……）

心の中で呼びかけても、思い出の王子は十一歳の少年の顔のままあどけなく微笑むばかりだ。生きていれば、彼は今二十一歳。どんな青年になっていただろう。

空想を巡らせると、指輪を取り返してくれたときのヴェランが思い浮かんだ。

指輪を凝視め、リーゼロッテに向けられた琥珀色の瞳。光が射せば、それはエルンスト王子の黄水晶《シトリン》の瞳をたやすく連想させた。髪の色も似ていると言えば似ている。ヴェランのほうがずっと色調が昏《くら》いけれど、どちらも赤い。

だが、顔立ちに共通点を見出すのは難しかった。研ぎ澄まされた精悍なヴェランの面差しと、おっとりと優しく微笑むエルンストはまるで重ならない。彼は少年ながらすでに典雅な雰囲気を漂わせる貴公子で、洗練された仕種はあくまでも優雅だった。

ヴェランの立ち居振る舞いが粗野というわけではないけれど、つねに隙も無駄もなく、鋭利な刃を思わせる。決闘士という命懸けの職業に就いているのだからそれも当然だ。

ぶんっ、と振り切るようにリーゼロッテはかぶりを振った。

（やめやめ！　妄想にふけったって何にもならないわ！）

きっとあの偽王子のせいだ。一瞬でもエルンストが生きていてくれたと信じかけたせいで、こんな妄想を抱くようになってしまったのだ。

たまたま側にいるヴェランがいくらか王子と容姿が似ていて、すごく強かったから……。

「……うざいな」

ヴェランの低い呟きにリーゼロッテは背筋が冷たくなった。心を読まれたかとぎょっとしたが、ヴェランは肩ごしに鋭い視線を振り向けて、チッと舌打ちした。

「尾行《つけ》られてる。──振り向くな！」

小声で窘《たしな》められ、リーゼロッテは慌てて背筋を伸ばした。

「王宮側の追っ手……？」

「だったら今頃取り囲まれてる。おそらく偽王子の一味だ。ラルシュを出たときからどうも尾行られてるような気がしてた。気配が遠すぎるんで、気のせいかとも思ったが……」

「どうするの……？」

「あんたを取り返すつもりならとっくに襲ってきてるはずだ。方角がまるで違うから、俺たちがローゼンクロイツを目指しているわけじゃないことは向こうもわかってる。それでも黙って付いてきてるってことは――」

「こちらの目的地を探るつもりね」

「案内してやる義理はないな。ともかく撒くぞ」

ヴェランに続いてリーゼロッテも馬の腹を蹴り、速度を上げた。

カーブに差しかかったところでさりげなく振り向いてみると、遠目に五、六騎ばかりこちらと同じように馬を駆り立てているのが見えた。

「気付かれたことに気付いたみたいよ」

リーゼロッテが声を張り上げると、ヴェランは獰猛な笑みを浮かべた。

「コソコソするのもこれまでだ」

ヴェランは速度を落とさないまま脇道に入った。リーゼロッテは懸命についていった。

（やっぱり男装して正解だったわ！）

ドレスで横乗りではここまでスピードを出したり急旋回はできない。

「ねぇっ、どうするつもりなの!?」

「いいから付いて来い！」

森の中を駆け抜け、下り坂の途中で道を外れて深い木立のなかに身を潜める。追っ手は気付かないまま駆け下っていった。粗い鼻息をつく馬をなだめながら窺っていると、男たちは三叉路《さんさろ》の手前でしばらくうろうろし、数騎ずつに分かれてそれぞれの道を進み始めた。

彼らの姿が木立に紛れて見えなくなると、ヴェランは馬の向きを変えた。

「よし、引き返すぞ」

背後を確かめながら、かなりの速度で元の街道に戻る。

「この辺りのこと、よく知ってるのね」

「旅をしていて何度も通ったからな。この先で街道が交差してる。奴らが引き返してきても、どっちへ行ったかすぐにはわからんだろう」

街道の交差点にはかなり大きな街があった。

ヴェランが品定めした宿屋に落ち着くなり、リーゼロッテは大の字でベッドに転がった。

「はぁあ、疲れた～。お腹すいた！　お風呂に入りたい」

「頼めば湯を運んでもらえるはずだ。食事は部屋に持ってきてやる」

「また？　どうして食堂で食べたらダメなの？」

「目立つから」

にべもなく言われ、ぷぅと頬をふくらませる。

「この格好なら目立たないでしょ」

「言動が目立つんだよ。目に入るもの何でもかんでも知りたがり、聞きたがる」

「だって初めて見るものばかりなんだもの。実地でイリシア語の練習もしたいし」

イリシア語はレヴァンジールを含む大陸西部で使われている言語だ。ローゼンクロイツで用いられるシュヴァール語は大陸の北部・東部が本来の使用地域だが、都市であれば大陸のほぼ全土で通用する。これに大陸南部で使われるルベール語を合わせ、三か国語の習得は政略結婚が『使命』であるローゼンクロイツの皇族にとって必須教養なのだ。

「あんたのイリシア語は完璧だ。俺が保証する」

「でも、何だか最近耳にする言葉が聞き取りにくいのよね」

「方言混じりだからだろ。ともかく食事は部屋で取れ」

「つまんないっ」

「あのな。何度言ったらわかるんだ。これは物見——」

「遊山じゃないんでしょ。わかってるわよ！」

ぷいっとリーゼロッテはそっぽを向いた。

「わかってりゃいい。そう拗《す》ねるな。大きい風呂を用意してやるから」

苦笑したヴェランが機嫌を取るような口調になる。

「腰湯じゃイヤよ。脚が伸ばせる浴槽がいいの」

「ああ、わかった。浴用ハーブも用意してやるから」

甘やかす声音にリーゼロッテは嬉しくなった。わがまま言うなと叱られるかと思ったが、部屋に閉じ込める埋め合わせの気持ちもあるのかもしれない。

ローゼンクロイツの皇族は将来を見越して子供の頃からかなり厳しく躾《しつ》けられる。一日のスケジュールは分刻みで決められており、よほど体調が悪くない限り変更は許されない。多少の融通《ゆうずう》は利くものの、基本的には他人の決めたスケジュールに従わねばならないのだ。

子供部屋を出てからはずっとそういう生活を送ってきたから、いいかげん慣れてはいるのだが、それでも時に息苦しく感じることはあった。

ニーナは気の置けない友人でもあるけれど、彼女のほうは侍女としての責任を決して忘れない。置き去りにしたことを悪いと思いつつ、つい開放的な気分になってしまう。

ヴェランが運んでくれた食事を取りながら、ふとリーゼロッテは眉を曇らせた。

「どうした？　美味くないか」

「ううん。美味しいわ。……ニーナがちゃんと食事させてもらえてるのか気になって」

「大丈夫だろう。しばらく一緒にいて感じたが、奴らはけっこう自負心が強いというか、粗暴なやり口を嫌ってる。あの偽王子も、あんたを誘拐するとき誰にもケガをさせるなと厳命してたしな」

「御者に乱暴してたじゃないの。指輪も盗られそうになったし」

「御者が叫んだのは慌てたせいで足を踏み外して転げ落ちたからだ。指輪の件は悪かったよ。気を付けてはいたんだが、元々強盗まがいの連中だからな」

「どうしてそんな人たちが混ざってるのか不思議だわ。偽王子の主張に共感したってわけでもなさそうだし」

「もちろんカネ目当てさ。うさんくさい連中を集める理由は俺も知らん」

「ヴェランはどうして仲間に加わったの？」

「偽王子にスカウトされた。俺の仕事を見て腕を見込んだんだと」

「仕事って……、決闘!?」

「ああ。見物《けんぶつ》してたんだろ」

「か……、勝ったのよね……？」

「今のところ誰にも負けたことはない」

ほうっとリーゼロッテは胸を撫で下ろした。

「強いのね……」

「勝てる相手としかやらないだけだ」

聞きようによっては小狡《こずる》いことを、彼は飄々《ひょうひょう》と口にした。

「武者修行じゃないからな。勝たなきゃ意味がない。それに俺は、勝ち続けなければいけないんだ。……そう約束した」

どくん、と鼓動が跳ね、リーゼロッテは食事の手を止めた。長い脚をゆったりと組み、ヴェランは大振りの木のコップでワインを飲んでいる。

「約束、って……、誰と……？」

ドキドキしながら尋ねると、ヴェランは琥珀色の瞳を黙ってリーゼロッテに向けた。

怖いほどの圧力を感じる。言葉にならない想いが結晶化したかのように。

「大事なひと」

ヴェランの唇が、秘密を打ち明けるかのように優しく囁いた。

その瞬間、リーゼロッテの胸に妬《ねた》ましさが渦巻いた。

「……大事なひと、って……、好きなひと……？」

彼はくすりと笑い、椅子にもたれてふたたびワインを口に運んだ。

「そうだな。この世でいちばん愛《いと》しくて、可愛いひと……かな」

妬ましさが絶望に変わる。

（……そんなひといたんだ……）

リーゼロッテはうつむき、ナイフとフォークを揃えて置いた。

ヴェランが不審そうに眉を上げる。

「珍しいな。もう食わないのか」

「うん……。お腹一杯になっちゃった。残してごめんなさい」

「じゃあ俺が食う」

ヴェランはひょいと身を乗り出し、残っていた肉団子にぶすりとフォークを突き刺した。

中途半端に睨むような目線で見ているると、ヴェランはニヤリとして最後の肉団子をフォークに刺して差し出した。

「やっぱり食うか？」

「い、いらないわ。食べてよ」

「いいから食え。夜中に腹が鳴っても知らないぞ」

ニヤニヤするヴェランをむぅっと睨み、リーゼロッテは肉団子にばくりと食いついた。

ヴェランは食器をまとめて盆に載せ、立ち上がるとリーゼロッテの頭をぽんぽん叩いた。

「いい子だ」

「こっ、子供扱いしないでよね。それよりお風呂！　お風呂の支度をしなさい」

「はいはい、皇女様」

ヴェランは余裕たっぷりに微笑み、部屋を出ていった。

リーゼロッテは残っていたワインをだばだばとコップに注ぎ、ぐーっと飲み干した。

「何よぅ、美味しいじゃないのっ」

ヴェランがいたら『絡み酒か』と呆れられそうな台詞を吐き、リーゼロッテは勝手に潤んでくる目許《めもと》をぐいっと拭《ぬぐ》った。


しばらくすると宿の者が大きな木製の浴槽を部屋に運んできた。沸かした湯を注ぎ入れて温度の調節が済むと、早速リーゼロッテは湯に浸かった。香草の清々《すがすが》しい匂いが漂う。温かな湯船でくつろいでいるうちに、落ち込んでいた気分もかなり上向いてきた。

「――ヴェラン？」

「何だ」

落ち着いた声が返ってくる。浴槽は部屋の隅に置かれ、衝立《ついたて》で仕切られている。彼の姿は見えないが、ベッドに寝転がっているようだ。

「せっかくだからヴェランも入れば？」

「ふたりで入るには狭いと思うが」

「誰がそんなこと言ったのよ⁉　後で入るかって訊いたの！」

くくく、と笑っている声がする。またからかわれた。

「いや。さっき外で水浴びしてきたから、俺はいい」

「お風呂代くらい払うのに」

「今の季節なら風邪もひかないさ」

「……ごめんなさい、贅沢しちゃって」

「皇女様に水浴びさせるわけにもいかないだろ」

「そうね、女だってわかっちゃうわね」

「いや、それはもうとっくにバレてると思う。男の格好してたって、どう見ても女。それもお育ちのいいお嬢様にしか見えないからな。風呂まで所望《しょもう》すれば尚更だ」

「もしかして……、かえって目立ってた……!?」

「かもな」

ずるずると擦《ず》り下がり、鼻下まで湯に浸かってリーゼロッテはぶくぶく泡を吐いた。

「ごめんなさい……。普通に地味めなドレスを着てたほうが目立たずに済んだのね」

「ま、どこぞの物好きなご令嬢がお供を連れて諸国漫遊《まんゆう》の旅をしてる、とでも思ってくれるかもしれないし？」

リーゼロッテは膝を抱え、がっくりとうなだれた。

（男装……、いいと思ったんだけどな……）

男物の服を着たからといって男に見えるわけがないことくらい、もっと自覚すべきだった。いつも帽子を目深くかぶっていたが、注意して見れば一目瞭然だ。

（ヴェランは、わかってたのね）

憮然としていたのは別に頭の固さとは関係なかったのかもしれない。

それでも彼は気の済むようにさせてくれた。自分で納得できるまで。

「……ごめんなさい」

「謝ることはない。俺が渋い顔をしたのは、単に女はスカート履いてたほうが引き立つと思うからだ。何せ頭が固いからな」

笑いを含んだ声音に、ますます気が引けてしまう。皮肉られているわけではないのはわかるけど、子供っぽく言い張ったのが恥ずかしくなる。

「ドレス売ってしまってごめんなさい……。せっかくヴェランが買ってくれたのに」

「そんなたいしたものじゃない。俺だって、あんたの豪華な宮廷ドレスを売り払っちまったからな」

「あれは……、いいの。確かに高価なものでしょうけど、別に思い入れはなかったもの。この指輪に較べたら、どれも……」

左手の薬指に嵌めたアクアマリンの指輪をそっと撫でる。ヴェランが取り返してくれなかったら、大切なこの指輪も今頃どこかに行ってしまっていた。

「ありがとう、ヴェラン」

想いを込めて呟くと、ヴェランは何故か怯んだようにもごもごと応じた。

「……目的地に着いたら新しいドレスを誂《あつら》えてやるよ。その指輪に似合いそうなやつを」

「本当!?」

振り向いた勢いでぱしゃんと湯が跳ねる。

ふたりの間を遮る衝立をじっと凝視めると、苦笑含みの声が返ってきた。

「ああ、本当だ」

「嬉しい！　ありがとう」

「いいのか？　男が女に服を贈るのは、脱がせるためなんだぞ」

「えええ!?」

ぶっ、と噴き出す音がする。リーゼロッテは赤くなって眉を吊り上げた。

「もうっ、からかってばっかりなんだから！」

「――それはともかく、今夜はしっかり服を着て寝ろ」

急に声のトーンが真剣なものに変わり、リーゼロッテは眉をひそめた。

「どうして？」

「ちょっとな……、気になることがある」

「何なの？」

「酒場で妙な噂を聞いた。王都で大金を盗んだ若い女が逃亡中で、捕らえて当局に突き出せば高額な報酬がもらえるそうだ。女は金髪の巻き毛で、薄い青の瞳。背が高く、目を惹く華やかな美人だそうだ」

リーゼロッテは眉間をぎゅむっと摘んだ。リーゼロッテの身長は一七〇センチで、ローゼンクロイツでは女性としてはかなり高かった。レヴァンジールの女性がおしなべてのっぽだという感じもしないから、たぶんここでもリーゼロッテは上背のあるほうだろう。

「ええと……。ひょっとして、それってわたしのことかしら っ!?」

「どうもそうらしいな」

リーゼロッテは頭に来て衝立をぐいと押しやった。

ベッドで胡座《あぐら》をかいていたヴェランが目を丸くする。

「大金を盗んだって何⁉　盗んでないわよ、わたし誘拐されたのよ⁉」

「大声出すなよ。ってゆーか、胸見えてるぞ」

「っきゃあぁっ」

ばしゃん、と胸を隠して湯船に沈む。

「……眼福《がんぷく》」

「馬鹿ぁあっ、無礼者ーっ」

「はいはい、何も見ませんでしたよ。——俺だってわからん。あの賞金付きの手配書がクチコミで伝わるうちに変質したのかもしれないし、王宮側が業《ごう》を煮やして人の興味を惹きそうな噂をばらまいたのかもしれない。同じ懸賞金が付いてたって、単なる行方不明者の捜索より大金を盗んだ強盗のほうがインパクトがある。うまくすれば盗んだカネもちょろまかせる、と算段する奴だっているだろうな」

「そんな！」

「ここの従業員にも、コソコソとあんたを盗み見てた奴がいたからな。単に男装の麗人に見惚れてただけならいいんだが」

独りごちるような呟きに、リーゼロッテはドキドキしながら尋ねた。

「わたし、見惚れるくらい綺麗……？」

「真に受けるなよ」

「……むかつく……っ」

「来るなら夜半過ぎだな。それとなく牽制しておいたから寝込みを襲う腹だろう。それまで少し休んでおく」

ごそごそ物音がしたかと思うと、急に部屋はしーんとなった。

「……ヴェラン？」

返事はない。そうっと振り向いてみると、彼はこちらに背を向けて横になっていた。

（まさか、寝ちゃったの……？）

そそくさと湯船を出、身体を拭いて元通りに服を着る。ベッドを回り込んでみるとヴェランは剣を抱いたまま目を閉じていた。顔を近づけると規則正しい寝息が聞こえてきた。

「……本当に寝てる」

ここまでずっと宿では同室だった。別々に休んでいてはいざというとき守れないと言われ、最初は反発した。レイピアもあるし、自分の身くらい自分で守れる。だが、そんな主張をヴェランは歯牙《しが》にもかけなかった。

かといって不寝番《ふしんばん》をするわけでもなく、夜はさっさと寝てしまう。その寝付きの良さは毒気を抜かれるほどだ。そして朝リーゼロッテが目覚めると彼はもうとっくに起きていて、出発の身支度を完璧に終えているのだ。

妙に悔しくなって、すらりとした鼻筋を指で弾いてやろうとしたが、思い直してリーゼロッテは溜息をついた。

「――こんな美人がすぐそこでお風呂に入ってるのに、よく寝られるわね」

うっかり胸を露出してしまっても、彼は目も逸らさず平然としていた。

(わたし、魅力ないのかな……)

美女の誉《ほま》れ高かった母親そっくりだとずっと言われてきたけれど、単に身内の贔屓目にすぎなかったのかもしれない。それともヴェラン好みの顔ではないのだろうか。

頬が熱くなり、リーゼロッテはぶんっとかぶりを振った。

(か、関係ないわ！　大体ヴェランには好きなひとがいるのよ)

ふと思い出してずぅんと胸が重くなる。

そうだ、好きなひとがいるから、わたしなんか目に入らないんだ……。

切なくてたまらなくなり、そっと床に膝をついてヴェランの寝顔を覗き込んだ。燭台《しょくだい》の灯《あかり》の影になっているせいか、睫毛が余計に長く見える。彫りが深く、端整な面差しは、改めてしげしげ凝視めると思わず見惚れてしまうような気品というか、典雅な風情《ふぜい》があった。

やや厚めの血色の良い唇はそこはかとなく官能的で、彼にキスされたことを思い出してリーゼロッテは顔を赤らめた。

(あっ、あれは何というか……、そ、そう！　緊急避難！　それだけよ、それだけ……)

頭から追い払おうとすればするほど、触れ合った唇の温かさが意識されてしまう。

それどころか、身体をまさぐった大きな掌の感触まで鮮明に……。

(あのとき……イヤじゃなかった)

驚いて混乱して思わず蹴ってしまったけれど、嫌悪感はなかったのだ。『つい、そそられた』と言われてドキドキしたのもつかのま、『眼の錯覚』とすぐに否定されてしまった。

錯覚。——ああ、そうか。好きなひとと『錯覚』したのね……。

そのひとは、もしかしたらリーゼロッテと似たところがあるのかもしれない。髪の色とか瞳の色とか背格好とか。ちょっと顔が似ているのかも。だから親身になってくれるのだ。

(わたし……、ヴェランのこと何も知らないんだわ)

どこでどんなふうに生まれ育ったのか。どうして決闘士などという危険な仕事をしているのか。知りたい。でも、知ってはいけないような気もする。

彼のことを、もっと好きになってしまいそうで……。

この旅が終わらなければいいのに。そんな埒《らち》もないことまで願い始めてしまう。

くっと唇を噛み、リーゼロッテは立ち上がった。

「……布団くらいかけなさいよ。世話が焼けるわね！」

毛布を引きずり出そうとしたが、長身で体格のよいヴェランが熟睡しているのでどうにも無理だった。しかたなく自分のベッドから剥《は》ぎ取った毛布をかけ、自分も潜り込んで背中合わせに横たわる。

「これも緊急避難だからね。やむをえずこうしてるだけなんだから……」

押し殺した声でぶつぶつと自分に言い聞かせる。何だか妙に悔しくて、ドキドキして、そんな自分に腹が立った。

背中からほんのりと伝わるぬくもりが、逆立った神経を少しずつなだめてくれる。うとうとと眠りに落ちながらリーゼロッテは逞しい背中に無意識に身体をすり寄せていた。


「――おい。起きろ」

艶めいた低声に耳をくすぐられ、リーゼロッテはぞくんとして目を覚ました。のしかかる黒影に思わず「ひっ」と呻《うめ》く。途端に大きな掌で口を塞がれた。

「騒ぐな、俺だ」

蝋燭《ろうそく》は燃え尽きていたが、鎧戸《よろいど》の隙間から射し込む月明かりでぼんやりと室内の様子は見て取れる。

「目は覚めたか？」

頷くと掌が外されて、ぷはっとリーゼロッテは息をついた。

「なんであんたが俺のベッドに潜り込んでたのかは、訊かないでおこう」

「そっ、それは」

「シッ」

笑いを含んだ囁きに、カーッとなって言い返そうとするとふたたび鋭く制される。

扉のほうからかすかな物音と押し殺した話し声が聞こえてきた。

「……やはり来たか。出られるな？」

「ええ」

固い声で応じ、リーゼロッテはレイピアを握りしめた。鍵をこじ開けようとしているが、うまくいかないようだ。苛立った声が「しょうがねぇ、蹴破《けやぶ》れ」と言うのがはっきりと聞こえた。半身を起こして身構えているとドガッと凄い音がして扉が吹っ飛び、複数の人間が一斉になだれ込んできた。野太い胴間声が勝ち誇ったように響く。

「賞金首め、おとなしくしろ！　そうすりゃ命までは取ら……、わぶ!?」

毛布を撥ね除け、ヴェランが飛び出した。視界をふさがれてうろたえる敵を蹴り倒し、鞘ごと剣を振り回すと数人が吹っ飛んで床に叩きつけられる。

「行くぞ！」

「はいっ」

もがく男の背中をむんずと踏みつけ、リーゼロッテはヴェランの後に続いた。

「待ちやがれ、この野郎ーっ」

怒り狂った声に追いかけられて階段を駆け降り、旅籠《はたご》の外に飛び出してリーゼロッテは絶句した。旅籠の前は松明《たいまつ》を掲げた歩兵と馬に跨がった騎士で囲まれていた。

くくっ、とヴェランが喉の奥で獰猛に笑う。

「……ここまでは予想してなかったな」

「エリザベート＝シャルロッテ姫、ですな？」

進み出た騎馬の男にいきなり正式名で呼ばれ、息を呑む。答えずとも察したようで、男は鋭い目つきのまま軽く会釈《えしやく》をした。

「お迎えに上がりました。どうぞこちらへ。――その誘拐犯に縄を打て！」

「ちょ、ちょっと待っ……」

焦って前に出ようとしたリーゼロッテの視界が、逞しい背で遮《さえぎ》られる。

「フン、ちょうどよかった。馬の準備をする手間が省《はぶ》けたぜ」

ふてぶてしい笑みを浮かべ、ヴェランはすらりと抜剣した。

「殺せ！」

怒号が響き、兵士たちが一斉に向かってくる。加勢しようとしたリーゼロッテは背後から飛び出してきた人影に気付いてレイピアを抜き放った。部屋に押し入ってきた男たちだ。

たちまち乱戦となった。男どもは外で待ち受けていた兵士たちとつるんでいたわけではないらしい。一部は怒声を上げて兵士の妨害を始めた。

「俺の獲物だ！」

「横取りさせるかっ」

連繋《れんけい》されたら厄介だったが、兵士と賞金目当ての男たちが揉み合ってくれたおかげで隙ができた。ヴェランは思わぬ混乱に焦って怒声を上げている司令官を馬から引きずり降ろし、有無《うむ》を言わさず殴り倒した。

荒々しく馬を駆り立てて敵を蹴散らし、リーゼロッテに手を伸ばす。取り押さえようと飛びかかってきた兵士はレイピアを振り回されてたたらを踏んだ。

鞍の後ろに飛び乗り、ヴェランの腰に腕を回してしがみつく。

「しっかり捕まってろ！」

ヴェランは思い切り馬の腹を蹴った。ヒヒンと嘶《いなな》いた馬は前脚で空《くう》を蹴り、猛然と走り出した。振り仰《あお》ぐと月は深く傾き、夜空の端が白《しら》み始めている。

「もうすぐ夜明けね！」

「このまま目的地まで走る。領内に入れば王立軍の兵士といえど勝手な真似はできない」

「近いの？」

「向こう岸はもう領内だ」

疾走《しっそう》しながら右手を指す。見えるのは黒々とした森蔭ばかりだ。

「河があるのね」

「断崖絶壁の下にな。残念ながら橋があるのはずっと先だ。ここで飛び移れれば早いんだが、幅がありすぎる」

ガゥンッ、といきなり銃声が響いた。

「きゃあっ」

リーゼロッテは悲鳴を上げて身を縮めた。ヴェランが腹立たしげに舌打ちする。

「馬鹿が！　お姫さんに当たったらどうすんだ」

後方から馬蹄の轟きと怒り狂ってわめく声が聞こえてきた。

「止まれーっ、止まらんと撃つぞ――！」

「撃ってから言わないでよねっ」

「危ないから前に移れ」

「無理よ！」

「いいから俺に掴まって、脚を腰に回せ」

もう自棄《やけ》になって言われたとおりに四肢《しし》を絡めてしがみつく。ヴェランは半身を捻ってぐるんとリーゼロッテの身体を取り回した。

「ひぃいーっ」

耳元で風がビュウビュウ唸るなか、視界が反転する。何が何だかわからないうちに正面から抱き合う格好になっていて、リーゼロッテは息も絶え絶えに喘《あえ》いだ。

「し、死ぬかと思った……！」

「死なせるものか。何があろうと守ってやる」

敢然とした口調にドキッとして見上げたとたん、ふたたび銃声が響いた。同時にヴェランの上体が跳ねる。

すぐ目の前で彼の胸から血が噴き出し、リーゼロッテは悲鳴を上げた。

「ヴェラン!!」

「くっ……」

ヴェランは歯噛みすると手綱を引き絞り、速度を落として向きを変えた。

ぐんぐん森が近づいてくる。リーゼロッテはせめて傷口を塞ごうと必死に掌を押し当てた。指の間から熱い血が滴《したた》り落ち、ショックで眩暈《めまい》がする。

「ああ、ヴェラン……ヴェラン……、しっかり……！」

「姫君……、あんた泳げるか？」

「な、何を言ってるのよ!?」

「どうなんだ」

「泳げるけど！　それより早く手当てしなくちゃ」

「後だ」

ヴェランは蒼白《そうはく》な唇を噛み、藪《やぶ》を掻き分けるように馬を進めてゆく。

朝靄《あさもや》のただよう薄暗い森のなか、進む先で木立が途切れているのがわかる。どこか遠いところから渓流《けいりゅう》のざわめきが聞こえてきた。

「――いたぞ、あっちだ！」

怒鳴り声に顔を上げると、追ってくる騎兵の姿が見えた。ヴェランは馬を降り、リーゼロッテの手を引いて歩きだした。すでに血まみれの手を、決して離すまいと握りしめる。

切り立った断崖《だんがい》を覗き込み、息が止まりそうになった。轟く水音、飛沫《しぶき》を上げて泡立つ水面。がくがくと脚が震える。

「……向こう岸が、目指すメルヴェール侯爵領だ。荒っぽくてすまないが、近道する」

ヴェランの腕が抱きしめるように身体に巻きついた。

リーゼロッテの顔を覗き込み、彼は今まで見たこともないほど優しく微笑んだ。

「怖いだろうが、できるだけがんばってくれ」

目頭が熱くなる。片手で彼の傷を押さえ、もう片方の手を身体に回して微笑んだ。

「大丈夫よ……！」

ヴェランの腕に力がこもる。次の瞬間、彼は地を蹴った。ふわりと身体が宙に浮く。

兵士たちのわめき声は轟々《ごうごう》と響く水音にかき消された。森に曙光《しょこう》が射し込んだまさにその瞬間、リーゼロッテとヴェランは逆巻く激流のさなかに身を投じていた。

第三章　ゆずれないもの

小さな盥《たらい》で絞った布巾《ふきん》を、リーゼロッテは汗ばんだヴェランの額にそっと載せた。苦しげな喘鳴《ぜんめい》を洩らす男の唇は熱で乾き、ひび割れている。固く閉じられた瞼の下で、時折ぴくぴくと眼球が動いた。

夢を見ているのかもしれない。かすれた声で洩らされる譫言《うわごと》は支離滅裂《しりめつれつ》だ。ただ、『死ぬもんか』と繰り返しているのだけはかろうじて聞き取れた。

リーゼロッテは彼の手をぎゅっと握りしめ、唇に押し当てた。

「……そうよ、ヴェラン。死んじゃだめ。生きるのよ」

祈るように囁くと、背後でギィと扉の軋む音がした。白髪をスカーフで覆った老女が腕に籠を提げて入ってくる。

老女は籠をテーブルに置き、スカーフを取りながら尋ねた。

「具合はどうだい」

「なかなか熱が下がらなくて……」

リーゼロッテは沈んだ声で答えた。老女はヴェランが寝かされている寝台に歩み寄り、上掛けをめくって包帯を確かめた。

「出血は収まったみたいだね。しばらく熱が出るのは仕方ない。……なに、若いし体力もありそうだから大丈夫さ」

老女はリーゼロッテの肩をポンと叩き、巌《いわお》のような顔をやわらげた。リーゼロッテはおずおずと微笑み返し、盥を取り上げた。

「お水を替えてきます」

「摘《つ》んできたハーブで薬湯を作るから、飲ませてやりな」

はい、と頷いて外に出る。ひなたぼっこしていた大きな黒犬が首をもたげてリーゼロッテを眺め、ぱたりとお愛想《あいそ》のようにしっぽを振ってまたごろんと横になった。

すっかり慣れた動作で釣瓶《つるべ》を動かし、汲《く》み上げた井戸水を盥に注ぐ。

うん、と伸びをして、リーゼロッテは目の前に広がる森をぼんやり眺めた。

この森をしばらく歩くと河に出る。断崖絶壁に囲まれた、小さな水辺。そこにヴェランとリーゼロッテは流れ着いたのだった。

追い詰められ、負傷したヴェランとともに崖から激流に身を投じた。泳げるといってもリーゼロッテがこれまで泳いだことがあるのは王宮内の池か、浅くて流れもゆるやかな川くらいなものだ。こんなに激しく水飛沫を上げている急流で泳いだことなど一度もない。

切り立った崖下の川面までは まだ暁光も届かない。薄暗いなかで冷たい水に揉みくちゃにされて恐慌状態に陥るリーゼロッテをしっかりと捕まえ、ヴェランは激流を泳ぎ渡った。かなり下流に流されたものの、河が深く切れ込んだ谷底を流れていること、木立が張り出して視界が利かないこと、そして川筋がジグザグに曲がっていたために追っ手の目から逃れられたようだ。

石ころだらけの河原に引き上げられ、リーゼロッテはしばらくぜいぜいと息を切らせてひっくり返っていた。漸《ようよ》う身を起こし、ごほごほと噎《む》せながらヴェランに向き直る。

「ここ、どっち側なのかしら……。侯爵領に入れたと思う？」

返事はない。傍らに横たわった男の様子がやけに静かなことに気付き、リーゼロッテは慌てて顔を覗き込んだ。

「ヴェラン？　ヴェラン、どうしたの？　目を開けて」

薄暗がりのせいか異様に青白く見える頬をぺちぺち叩き、リーゼロッテはぎくりとした。

――息してない……!?

「やだっ……、ヴェラン！　しっかりして！」

ぐったりとした男を必死に揺さぶったが反応はない。濡れて肌に貼りついたシャツには薄赤い染みが広がっている。リーゼロッテは凍りついたように動きを止めた。そうだ、彼は撃たれたのだ。負傷した状態でリーゼロッテを抱きかかえ、急流を泳ぎきった。

ぶるっと首を振り、己の両頬をぱぁんと叩く。

「落ち着きなさい！　緊急時の救命法もちゃんと習ったでしょ⁉　備えよ常に！　こんなときは……、こんなときはっ……、そうよ！　人工呼吸と心臓マッサージよ！」

リーゼロッテはヴェランの頭を反らせて気道を確保すると、大きく息を吸って迷わず唇を合わせた。鼻を摘み、全力で呼気を送り込む。そして心臓の上に手を置いて、ぐっぐっぐっとリズミカルに刺激を与え、また口に息を吹き込む。

その動作を繰り返しながら、頬を叩き、何度も名を呼んだ。

「ヴェラン！　さっさと目を開けて！　こんなところで死ぬなんて許さないわよ⁉　あなたはわたしに雇われてる身の上なんだからっ、最後まで責任持ちなさーいっ」

我知らず滂沱《ぼうだ》と涙を流しながら、このこのっと胸を叩き、こっちが酸欠でクラクラしてくるほど息を送り込んだ。

「……やだっ、死んじゃやだぁあっ」

なりふりかまわず彼を救おうとしているうちに、ヴェランとエルンスト王子がダブってくる。王子も溺れて死んだのだ。遠い北の海で。初の公務で隣国を訪れた帰路、彼の乗った船は嵐に遭い……。

約束したのに。次に会ったらまた手合わせをしようって。今度も絶対、僕が勝ちますよと笑ったくせに。わたしの夫たるにふさわしく、勝ち続けるって言ったくせに……！

「死んじゃだめっ、エルンスト様！　勝ってくれなきゃ結婚してあげないんだからっ」

どうしようもない悲しみと憤《いきどお》りを込めて、どんっと胸を打つ。それまでぴくりともしなかった男の身体が小さく痙攣《けいれん》し、げほっと口から水を吐き出した。

「――ヴェラン！」

泣きぬれたリーゼロッテの顔にパッと喜色が浮かぶ。苦しげに身体を折ってむせ返る男の背を、リーゼロッテは懸命に撫でさすった。

「……リー……ゼ……、無事……」

「大丈夫よ、ヴェラン。あなたのおかげで助かったわ」

冷えきった頬をさすり、顔を覗き込む。ヴェランはぐったりと目を閉じて、荒々しく胸を上下させている。怪我と溺れたかけたせいで意識が朦朧《もうろう》としているようだ。

（早く傷の手当てをしなきゃ）

リーゼロッテは赤く染まったシャツのボタンを外《はず》そうとしたが、指が震えてなかなかうまくいかない。呼吸が戻ると出血がふたたび始まり、水で流れて薄赤く染まったシャツの上に真っ赤な鮮血が広がってゆく。

「止血……、止血するには、えっと……」

混乱する頭で懸命に思い出そうとしていると背後から低い唸り声が聞こえてきた。

藪のなかから爛々《らんらん》と光るふたつの目がこちらを睨んでいる。

（狼……!?）

深い森は狼たちの領域だ。好んで人間を襲う獣《けもの》ではないが、血のにおいに惹かれてやって来たのかもしれない。

「こ……、来ないで……」

ぐったりしたヴェランの上体を抱きかかえ、リーゼロッテは震える声を振り絞った。

「あっちへ行って！　お願いだから放っておいて……！」

ガサガサッ、と藪から飛び出す音が聞こえる。リーゼロッテは反射的に目をつぶり、冷えきったヴェランの身体をぎゅっと抱きしめた。生暖かい獣の息が顔にかかる。

噛まれる……！

と覚悟した瞬間。べろん――、と温かく濡れた感触がリーゼロッテの頬を撫でた。

「……!?」

ぎょっとして目を見開くと、目の前に真っ黒な鼻面《はなづら》があった。ピンクの舌がだらんと伸びて、ハッハッと心なしか嬉しそうな息づかいが聞こえる。

リーゼロッテは呆然と獣を眺めた。

（――狼じゃない……。犬だわ……）

それは真っ黒な大型犬だった。狼とは顔つきが全然違い、人懐《ひとなつ》っこい目をしている。

「ワン！」

しっぽを振りながら黒犬は吠えた。飛び跳ねながら何度もワンワンと鳴く。唖然としていると、犬が飛び出してきた藪のほうからまたガサガサと物音が聞こえてきた。

「こっちかい？　いきなり飛び出して行くからびっくりしたじゃないか。……面倒だから土左衛門《どざえもん》なんぞ見つけないでおくれよ」

ぶつぶつ言いながら出てきたのは焦げ茶色のケープに身をくるんだ恰幅《かっぷく》の良い女性だった。呆然と座り込むリーゼロッテに気付き、かぶっていたフードを外して目を丸くする。

「おやまぁ。本当に土左衛門だわ」

「――――い、生きてますっ！」

我に返ってリーゼロッテは叫んだ。

「助けて！　お願い、助けてください……！」

女は慎重な足どりで近づいてきた。黒犬が嬉しそうに女に飛びつき、またリーゼロッテの側に寄って、意識のないヴェランをフンフンと嗅ぎ回る。

「……銃創《じゅうそう》とは穏やかじゃないね」

一目で見て取った女が用心深そうな声で呟いた。しわの刻まれた肌は老齢であることを示していたが、目つきは怜悧《れいり》で鋭い。

リーゼロッテは弱々しくかぶりを振り、すがるように老女を見上げた。

「わけがあるの……。お願い、傷の手当てをさせてください」

女は溜息をつき、籠を犬に突き出した。犬は慣れた様子で籠の持ち手を銜える。

「やれやれ。重そうな男だね。ぎっくり腰になったらどうしてくれるんだい」

文句を言いながらも老女はきびきびした動作でヴェランの腕を肩に回した。

――そうして連れてこられたのがこの小屋だ。老女は名をジャンヌと言い、森に住まういわゆる『魔女』だった。怪しげな輩《やから》ではない。助産婦でもあり薬草類に詳しく、病気や怪我の治療もする薬草師、薬草魔女だ。医者の少ない地方では貴重な医療の担《にな》い手である。

ジャンヌはあまり愛想のない頑固そうな老女だったが、連れ帰ったヴェランにてきぱきと治療を施し、リーゼロッテに着替えを貸して暖炉に当たらせ、温かなスープも飲ませてくれた。

ヴェランの傷は、出血はひどかったが銃弾は貫通しており、さいわい急所も外れていた。骨折もしていない。ジャンヌは止血に利く薬草を揉んで傷口に貼り、様々な薬草を煮出して薬湯を作ってくれた。

手当ての時にヴェランが肌身離さずつけているペンダントを見ると、ジャンヌは眉を上げてフンと鼻息をついた。だが、何も言わずに治療を続け、訳を尋ねることもなかった。

ヴェランは意識を失ったまま高熱を出して寝込んだ。銃で撃たれたにも拘《かかわ》らず、リーゼロッテを抱きかかえた状態で急流を泳いで渡ったと聞いてジャンヌは呆れ顔になった。

「無茶するねぇ。あの河は普通の状態でも泳いで渡るのが難しいんだよ。水面は穏やかに見える場所でも深いところは渦《うず》を巻いていて、引きずり込まれちまうのさ。ちょうどこのあたりでよく水死体が上がる」

どうりで出会い頭に土左衛門呼ばわりされたわけだ……。

「運がよかったんですね、わたしたち」

「運もあるだろうけど、飛び込んだ場所がよかったんだと思うね。きっとうまく淵を避けたんだろ」

「……あの。ヴェランはこの辺りの人なんでしょうか。色々とよく知ってるみたいだし」

おずおずと尋ねると、ジャンヌはそっけなく眉を上げた。

「さぁね。その男が目覚めたら訊いてみるといい」

ジャンヌから聞き出せたのは、ここが目指すメルヴェール侯爵領であるということだけだった。向こう岸とは険しい断崖で隔《へだ》てられており、橋はずっと先に一箇所しかないという。橋は領主の私兵によって警備されているので直轄領の王軍であっても勝手に入っては来られない。とりあえず安心してもよさそうだ。

それ以来、リーゼロッテは付きっきりでヴェランの看病をしていた。

水を替えた盥を抱え、小屋に戻る。広大な森の只中にあるこの小さな家で、ジャンヌは犬とポニーをお供に暮らしていた。牝ヤギ一頭とメンドリ数羽も飼っていて、毎日新鮮なミルクと卵にありつける。檜皮葺《ひわだぶ》きの小屋はしっかりと作られていて、手入れが行き届いていて清潔だ。様々なハーブの入り交じった独特の芳香《ほうこう》が静かに漂っている。

小さな書棚には薬草に関する本がぎっしりと詰め込まれていた。医学に関する本、料理本もある。彼女は以前、領主の城で料理番を務めていたという。歳を取ったのでお暇《ひま》をいただき、今は領主から生涯年金をもらっているそうだ。

孤独な暮らしのように思えたが、毎日のように村人が薬草や生活の助言を求めにやってきてはひとしきり話し込んでいった。

自分たちのことが話題になっていないかそれとなく尋ねてみると、領主から城下の村人たちに通達があったという。若い男女の二人連れを見かけたら城に知らせるように、と。

青くなるリーゼロッテにジャンヌは苦笑した。

「そんな顔しなさんな。あんたたちのことは誰にも言ってないよ。ここに来る村人たちにも姿は見られてない」

「あの……、誤解なんです。わたしたち、悪いことなんてしてません」

「それはご領主様に自分で申し上げるんだね。ともかく、動けるようになるまではうちにいていいから」

「ありがとう。──実はわたしたち、メルヴェール侯爵様を訪ねるところだったんです。ヴェランが侯爵様と知り合いらしくて。その、色々とご相談に乗っていただきたくて」

ジャンヌは昏々《こんこん》と眠り続けるヴェランに目を遣り、軽く眉間にしわを寄せた。

「……あんた、その男と付き合いは長いのかい？」

「え？　いえ……、この一週間ほどです。あの、ちょっと事情があって。何というか、その、護衛をお願いして……」

しどろもどろの答えにジャンヌはまた苦笑を浮かべた。

「ともかくご領主様にはきちんと説明することだ。嘘をついてもすぐにバレるからね」

領主はたいそう公正な方だ、と聞いてリーゼロッテは安堵した。問答無用で王宮側に引き渡されたりする心配はなさそうだ。

枕元に戻って濡れ布巾を確かめると、早くもぬるくなっていた。リーゼロッテは冷水で布巾を絞って汗ばむ額に載せた。しばらく様子を見ていると、だんだんと呼吸が落ち着いて、苦悶《くもん》の表情もやわらぎ始めたようだ。

そこへジャンヌがやってきて、木の椀に入れた薬湯を差し出した。

「まだ熱いから気をつけて。全部飲ませたら寝汗を拭いてやりな。お湯を沸かしておいたから。あたしはちょっと村で買い物をしてくる。留守の札を出しておくから、誰か来ても出なくていいよ」

ジャンヌはふたたび焦げ茶色のケープをはおり、ポニーに乗って出かけていった。

リーゼロッテは薬湯に息を吹きかけて冷まし、少しずつ口移しで飲ませた。やがて表情が穏やかになり、落ち着いた寝息を立て始める。

額に手を当ててみると熱もだいぶ下がったようだ。

「よかった。峠《とうげ》は越したみたい……」

リーゼロッテはジャンヌが用意しておいてくれたお湯を使ってヴェランの身体を清めた。重くて大変だが、がんばって背中もできるだけ拭いた。本当はシーツも替えてあげたいけど、それはひとりでは無理だ。

不謹慎……と思いつつ、ヴェランの逞しい体つきには見惚れてしまった。決闘代理人という危険極《きわ》まりない仕事をしているだけあって、鍛え抜かれた頑強な体躯をしている。厚い胸板、がっしりした腕、見事に割れた腹筋。

格好いいなと素直に見惚れつつ、その肌に刻まれた無数の傷跡には心が痛んだ。なかにはかなり深いものもあった。左手の甲に刻まれた傷は掌まで貫通している。ほとんどが剣による傷だが、引き攣れたような裂傷もある。今度はそれに銃創まで加わってしまった。

生死の境目を幾度となくくぐり抜けてきたに違いない。譫言《うわごと》で『死ぬもんか』と口走っていたのは、きっと彼がつねに内心で繰り返してきた言葉なのだ。

男性の裸の上半身なら目にする機会もたまにはあったので、まだ鑑賞する余裕もあった。しかしさすがに下肢は直視できなかった。正直に言えばちょっと興味はあったりしたのだが、意識のない男性の大事なところをジロジロ見るのはさすがに気が咎《とが》める。

というか、やっぱりはしたないだろう。これも看護の一環と割り切ろうとしたけれど、どうしても無理だった。やむなく顔を目一杯逸らし、手探りで拭いた。

やっと拭き終えて、赤らんだ顔でホッと一息ついた瞬間、ぐっと手首を掴まれた。

「ひぃ!?」

「……ゼ……」

「みっ、見てません！　何にも見てないからーっ」

「リー……ゼ……？」

「ヴェラン!?」

彼が薄目を開けていることに気付き、慌ててリーゼロッテは枕元に屈《かが》み込んだ。

「よかった！　気がついたのね」

「……ここ……は……」

「大丈夫よ、追っ手は撒いたわ。ここは安全だから安心して。ゆっくり休んで、ね？」

茫洋《ぼうよう》とリーゼロッテを見上げていたヴェランの唇から、かすかな吐息が洩れる。

「ああ……」

「すぐによくなるわ。とにかく今は休んで体力を回復させるのよ」

「側に……いてくれないか……？」

「ええ、もちろん。ここにいるわ」

しっかりと手を握りしめると、ヴェランはゆるゆると笑みを浮かべて目を閉じた。

リーゼロッテは彼の左手を握りしめ、古い傷跡にくちづけてそっと頬に押し当てた。

「よかった……、ヴェラン……」

命に別状はないとジャンヌは保証してくれたが、それでも心配でたまらなかった。河原で息を吹き返して以来ずっと、彼は意識を失ったままだったのだ。

「本当によかった……」

うっすらと涙ぐんで囁き、リーゼロッテはいくらか削《そ》げてしまったヴェランの頬に想いを込めてキスをした。

夕方になって、今度こそヴェランははっきりと目覚めた。不思議そうに巻かれた包帯や室内を見回す彼に、リーゼロッテはこれまでの出来事をかいつまんで説明した。

「——ジャンヌ？　侯爵の料理番のジャンヌか？」

「今はもう引退したそうだけど……。知り合いなの？」

「ああ……、まぁな」

ヴェランは曖昧《あいまい》に頷いた。

「そうか。ジャンヌが助けてくれたのか……」

彼は呟いて胸元に手を遣った。いつもの癖だったが、何も手に触れないことに気付いて目を見開く。急いでリーゼロッテはエプロンのポケットからペンダントを取り出した。

「ペンダントならここよ。身体を拭くのに邪魔だったから外したの。はい、返すわね」

リーゼロッテはそそくさとペンダントをヴェランの首にかけた。

彼はペンダントを軽く握り、微笑んだ。

「ありがとう」

「ど、どういたしまして」

そんなふうに微笑みかけられたのは初めてで、ドギマギしてしまう。

（よほど大事なものなのね……）

誰かからの贈り物だろうか。そう考えると、つきんと胸が痛んだ。

ヴェランはペンダントをまさぐりながらかすかに眉をひそめた。

「身体……」

「え？」

「身体、拭いてくれたのか？　あんたが」

「そ、そりゃ拭くわよ。熱が出て、寝汗をいっぱいかいたんだもの……」

彼の強健な身体つきにうっかり見惚れてしまったのが何だか後ろめたくて、リーゼロッテは赤くなって目を逸らした。

「そうか……。面倒をかけた。悪かったな、お姫様にそんなことまでさせて」

殊勝《しゅしょう》に頭を下げられて、リーゼロッテはわたわたと手を振った。

「べ、別に大したことじゃ。ヴェランが怪我したのだってわたしのせいなんだし」

「あんたのせい？　何で」

「ヴェランが前に移動させてくれなかったら、わたしに当たってたはずだもの」

「だからってあんたのせいってわけじゃないさ。……もしあんたに当たってたら、あいつら全員あの世行きだったたな。処罰される前に俺が全員殺してやった」

あながち冗談とも思えぬ顔で言い切られ、リーゼロッテは顔を引き攣《つ》らせた。

「え、っと……、ともかく無事でよかったわ！　ジャンヌが言うには侯爵様はとても話のわかる御方だそうよ。きっとわたしたちの話も聞いてくださるわ」

「……そうだな。明日にでも目通りを願い出よう」

「明日はちょっと無理じゃない？　三日も寝込んでたんだから」

リーゼロッテはヴェランの額に手を当て、顔をしかめた。

「だいぶ下がったけど、まだ熱っぽいわね。ともかく明日一日ゆっくり休んで、それからお城へ行きましょう。ね、ヴェラン……、ヴェラン？」

じっ……、と琥珀色の瞳で見つめられて鼓動が跳ね上がる。顔の近さが急に意識された。

「あ、あの……」

無骨でありながらどこか優雅さを感じさせる指先が、そっとリーゼロッテの頬に触れる。

「――水」

「え？」

「水がほしい。喉が渇いた」

ややかすれた囁き声が妙に艶っぽく響き、リーゼロッテはカクカクと頷いた。

「す、すぐに持ってくるわ」

汲み置きの水を碗に注いで差し出す。

「はい。もう自分で飲めるでしょ？」

「ってことは、寝込んでた間は飲ませてくれたんだな」

「し、仕方ないじゃない。ヴェラン、重くて起こせなかったんだもの」

「口移し？」

笑みを含んだ声音に、カァと頬が熱くなる。

「だからやむをえずよ！　ほら、ちゃんと飲んで。汗かいたんだから水分補給しなきゃ」

「飲ませてくれ。口移しで」

「へぁ⁉」

びっくりしすぎて変な声が出てしまう。リーゼロッテは赤面してヴェランを睨んだ。

「ふざけないでよ」

「真面目に頼んでるんだが」

「どこがっ。熱があるんじゃないの⁉」

「ああ、あるな。さっきあんたがそう言った」

ぐっと腰を抱き寄せられ、さらに距離が近くなる。

「……熱で意識が朦朧としてて、こぼしてしまいそうなんだ。飲ませてくれ」

「寝ぼけてるのね。顔にかけるわよ」

「高貴なる姫君が弱ったケガ人にそんな無情なことをしていいのかな」

生真面目な顔をしながらヴェランの目はしっかり笑っている。だが、それを本気で怒る気になれない。

「もぅ……、仕方ないわね。病《や》み上がりだから特別よ？」

リーゼロッテは碗の水を口に含み、おずおずと唇を合わせた。ヴェランの喉が動き、ごくりと水を飲み下す。

「……もっとくれ」

哀訴《あいそ》するように請われ、リーゼロッテは顔を赤らめながらふたたび水を口に含んだ。本当にヴェランは喉が渇いていたようで、たちまち碗は空《から》になった。

「もうこれで終わり。もっと飲むなら――」

持ってくる、と言いかけた口を、いきなり塞がれた。抱き寄せられ、裸の胸に身体が密着した。空になった碗がコロコロと床に転がる。

「んっ……、や」

突き放そうともがいた手が包帯に触れ、びくりとして指を握り込んだ。それをいいことにヴェランはさらにリーゼロッテを引き寄せ、深く唇を重ねた。

飢えた獣が貪るように無垢な唇を吸い上げられて睫毛に薄く涙が浮かぶ。息苦しさに喘ぐ歯列を割って舌が侵入し、混乱するリーゼロッテの舌に絡みついた。

「んぅ……、ンン、むぁっ……、んッ」

ぴちゃぴちゃと唾液の絡む音が生々しく聞こえて耳朶が熱くなる。どういうわけか身体の中心がずくりと疼き、全身が燃えるような熱に包まれた。

「ふぁ……、は……」

おずおずと背中に回した掌の下でなめらかに筋肉が動く。

ぞくりと戦慄《おのの》きが走り、リーゼロッテは濡れた溜息をついた。逃れようとしていたはずなのに、気がつけば彼にしがみつくような格好で接吻に応え始めていた。

ヴェランの大きな手で腰回りを優しく撫でられ、思わずねだるように胸を押しつけてしまう。その途端、背後でわざとらしい咳払いの音がした。

「……っ！」

弾かれたように飛びのくと、ジャンヌが呆れ顔で両手を腰に当てて突っ立っていた。

「目が覚めるなり襲いかかるとは恐れ入ったねぇ」

「おそ……!? え、いえ、あの、その、こここれは水をっ。水を飲みたいと言われて」

動揺しまくって青くなったり赤くなったりするリーゼロッテの後ろでヴェランが憮然と

嘆息する。顔をしかめるジャンヌのスカートの陰から突如《とつじょ》として黒い塊が飛び出し、ヴェランの寝台に飛び乗った。

ワンッ！　と喜色いっぱいの吠え声が上がり、気がつけばジャンヌの犬がヴェランにのしかかって顔中を舐め回していた。

「おい、こら、やめろって！　――んん？　おまえ、ヴァン？　まさかヴァンなのか？」

「ワン！」

そうだよ、と言うように犬が寝台の上で跳ねる。彼はちぎれそうにパタパタとしっぽを振って、全身で喜びを表した。

「ヴァン……。最後に会ったときはほんの子犬だったのに。俺を覚えてくれたのか」

「――まったく、人騒がせな御方ですよ」

ジャンヌの声が傍からわかるほど震えた。見れば彼女は泣きだしそうなのを堪えるように顔をゆがませていた。

「ジャンヌ……。まだ生きてたんだな」

無遠慮な物言いに、ジャンヌは泣き笑いの表情でプッと噴き出した。

「それはこっちの台詞ですよ。あなたこそ、お亡くなりになったとばかり……」

「――すまない」

「あたしより侯爵様に謝られるのですね。どんなにあの方が嘆《なげ》かれたと思います？」

「知らせてくれたのか？」

「いいえ。何せ十年ぶりで、あたしも本人かどうか確信が持てませんでしたのでね。でも、ヴァンが証明してくれました」

「ああ、そうだな」

ヴェランは寝台に座り込んでしっぽを振り立てている黒犬の頭を優しく撫でた。リーゼロッテは呆気《あっけ》にとられ、ヴェランと犬とジャンヌを交互に眺めた。

「あ、あの……、知り合い……だったの……？」

「ああ。ジャンヌと俺は昔なじみなんだ。子供の頃、たいそう世話になった」

「まったく、手のかかる坊ちゃんでしたよ。好き嫌いが多くてね」

頑固そうなジャンヌの顔がほころび、まるで可愛い孫に対するようにニコニコしている。

「こうなったら一刻も早くお城に上がっていただかなくては。ともかく今夜は滋養のあるものを食べて、ゆっくり休んでくださいな。まずは包帯を替えましょう」

ジャンヌは今までの距離を置いた接し方から一変して、親身な顔で促した。

会ったのは十年ぶりとのことだし、十年前はヴェランはまだほんの少年だっただろうから、確信が持てなかったというのも無理はない。ましてや死んだと思っていたなら尚更だ。

ヴェランはジャンヌの勧めに頷き、ふとリーゼロッテに遠慮がちな笑みを向けた。

「姫君。すまないが、ジャンヌと少し話したい。席を外してもらえるか？」

「あ、ええ。それじゃ、外に出てるわね」

「すぐに済むから遠くには行かないでくれ」

心配そうに付け加えるヴェランに、リーゼロッテは苦笑した。

「小屋の外にいるわ」

「ヴァン、おまえも外に出てな。お姫様についてるんだよ」

ジャンヌに言われ、黒犬は名残惜しそうにベッドから飛び下りた。外に出たリーゼロッテは木洩《こも》れ日の射すポーチの階段に腰を下ろし、側にちょこんと据わった犬の頭を撫でた。

「……ヴァン。ひょっとして、最初からわかってたの？　ヴェランが知ってる人だって」

犬は人懐こい目を向けて、だらんと舌を出す。

「ヴェランってどんな子供だった？　きっとやんちゃ坊主よね。ヴァンもその頃は子犬でしょ。一緒に遊んだの？　いいなぁ、楽しそう」

ローゼンクロイツの王宮には猟犬がたくさん飼われていて、子供の頃に子犬たちと転げ回って遊んだことを思い出して懐かしくなった。

「それにしても……。ヴェランってどういう人なのかしら」

そっと振り返り、伸び上がってみると窓から室内の様子が窺えた。包帯を替えてもらったヴェランはシャツをはおり、小難しげな顔で何か話している。

こちらに背を向けたジャンヌの表情はわからないが、腰に手を当ててゆっくりと首を左右に振っていた。どうも楽しい思い出話をしている雰囲気ではない。

「――ねぇ、ヴァン。もしかしてヴェランって侯爵の縁者なの？　さっき、ジャンヌが彼のことを『坊ちゃん』って言ってたでしょ」

クーンとヴァンが鼻を鳴らす。

「でも彼が貴族なら、どうして決闘士なんて危ないことしてるのかしら。――あ。もしかして勘当《かんどう》されたとか」

あり得る、とリーゼロッテはひとり頷いた。それなら彼がメルヴェール侯爵を頼ろうと言いながら気の進まぬ様子をしていたのも納得がいく。顔を出しづらかったに違いない。

（案外、侯爵家の若様だったりして……）

などと妄想を逞しくしていると、ジャンヌが呼びにきた。枕にもたれかかって半身を起こしたヴェランが微笑む。

「このシャツ、あんたが洗って繕ってくれたんだってな。ありがとう。お姫様にそんなことまでさせてすまなかった」

リーゼロッテは赤くなって目を伏せた。

「い、いいのよ。別にたいしたことじゃないわ」

「洗濯なんてしたことないだろうに」

笑みを含んだ声に揶揄の響きはない。何故だか妙にドキドキしてしまって、リーゼロッテは伏せた目を落ち着かなげにさまよわせた。

「それは、初めてだったけど……。ジャンヌが教えてくれたから。シミ抜きもしたし、針仕事はニーナに習ったからちゃんと繕《つくろ》えたと思うわ」

「ああ、上手くできてる」

褒められて嬉しくなり、子供のようにニコニコしていると、その手をいきなり掴まれた。

「ひゃっ、何⁉」

「赤くなってる。……ちょっとすり剝《む》けてるな」

「そ、それは単に不慣れなせいで」

「すまん。あんたにこんなこと、させるつもりはなかったんだが……」

申し訳なさそうに眉を寄せるヴェランの表情に、ますます鼓動が跳ね上がる。

「い、いいのよ。わたしが好きでしたことだもの。何か自分にもできることをして、気を紛《まぎ》らわしたかっただけなの」

「……本当にあんたはお姫様らしくないな」

「悪かったわね！」

眉を吊り上げるとヴェランは苦笑した。

「怒るなよ。褒めたんだ」

「褒め言葉には聞こえませんけど」

「俺としては最大級の褒め言葉なんだが……」

ヴェランはリーゼロッテの手を口許に持っていき、じっと瞳を凝視めて呟いた。

「……あんたはいつも俺の予想を裏切る。そのたびに驚かされて、惚れ直しちまうんだ」

「へっ……!?」

うろたえて、また妙な声が出た。

(惚れ直す……!? 惚れ直すって……、それって、わたしが、す、好き……ってこと!?)

カァアッと赤くなるリーゼロッテをまじろぎもせず凝視めていたヴェランの瞳に、静かな決意のようなものが浮かんだ。

「——リーゼロッテ姫。あなたに話しておくことがある」

「な、何よいきなり、改まって……」

言葉遣いが変わると顔つきまで変わって見えた。もともと精悍な美丈夫ではあるが、そこはかとなくまとわりついていた粗暴な雰囲気が消え、代わって毅然とした高潔さが浮かび上がる。蛹《さなぎ》が割れて蝶《ちょう》が現れるような変貌にリーゼロッテはぽかんとした。

「どう切り出していいものか迷っていて今まで言いそびれていたが……。俺はメルヴェール侯爵の孫なんだ」

リーゼロッテは目を瞬き、どこか臆した表情で窺っているヴェランを眺めた。

「あ。そうなの……」

ヴェランが小さく眉根を寄せる。

「あまり驚いていないようだな」

「驚いたけど……。何となく、縁のある人なのかなって、ずっと思ってたし……」

それより、言外で好きだと告白されたことのほうがずっとインパクトが大きくて、そっちに気を取られていた。ヴェランのほうは告白したという特別な感慨はなかったらしく、どことなく拍子抜けした様子で頷いた。

「そうか……」

「あの……、やっぱり勘当されたの？　それとも家出？」

「いや、どっちも違うが。——何でだ？」

「ここに来るの、気が進まない様子だったでしょ」

ヴェランは苦笑した。

「顔を出しづらかったのは事実だな。長いこと不義理《ふぎり》をしてたから。何と言えばいいかと、ずっと悩んでた」

「答えは出た？」

「ああ。正直に事実を告げることにするよ」

「……この前、言ってたわね。迷い始めたから旅をやめたって」

ヴェランは穏やかに微笑んだ。リーゼロッテの手を握った指先に、静かな力がこもる。

「もう迷わない」

決意を込めて彼は囁いた。

「全力で、きみとの約束を果たそう」

引き寄せられ、リーゼロッテは素直に彼の胸に抱かれた。

「明日、メルヴェール城へ行く」

「大丈夫なの？　無理に動いたら傷が開くんじゃ……」

「ジャンヌが荷車で送ってくれるそうだ。彼女にも一緒に来てもらう。今でも彼女は侯爵の信頼が厚いからな」

傷の負担にならないように気をつけながら、小さくリーゼロッテは頷いた。

彼が自分に好意を持ってくれていることが嬉しくて仕方なかった。言外の告白も、無意識に本音が洩れたのだと思えばかえって喜ばしい気がする。

（ふふ……。照れくさいのかしら）

そう思うと、ごつくて剽悍なこの男が何だか可愛くなってしまう。

（わたしもあなたが好きよ、ヴェラン……）

でもストレートには言ってあげない。告白したことも意識してないなんて、ちょっとひどいんじゃない？

猫のように身をすり寄せると、ヴェランの唇がリーゼロッテのこめかみにそっと触れた。

大きな掌が背中を優しく撫でてくれる感触に幸福感が込み上げる。

うっとりと身を寄せ合うふたりの姿を苦笑混じりにジャンヌが眺めていることに、どちらも長いこと気付かなかった。


翌日。一行はポニーが牽《ひ》く荷車にゴトゴト揺られて森を抜け、領主の住まう城へ向かった。リーゼロッテはジャンヌに借りていた服を返し、ふたたび男物の服に身を包む。

熱は下がったもののヴェランの顔色は良いとは言えなかった。傷口はまだ完全に塞がっていないし、出血量が多かったことや高熱が続いたことで体力が削《そ》がれ、足元がおぼつかない。リーゼロッテは彼に寄り添い、懸命に支えた。

領主の居城は河から引き込んだ堀と二重の城壁で守られていた。外門の上に据えられた楯型紋章を支える獅子の石像を何気なく眺め、リーゼロッテはハッとした。

(ヴェランのペンダントの意匠《いしょう》と同じだわ!)

そっと窺い見ると、ヴェランは顔を上げて感慨深そうに城を眺めている。

「……十年ぶり、だっけ?」

「ああ……。正確には十一年くらい、かな」

元料理番のジャンヌは今でも領主から厚い信頼を寄せられているようだ。城の使用人や出入りの商人が使う裏手の入り口から入ったが、不審なふたりを伴っていても『侯爵様に引き合わせるために連れてきた』と告げれば足止めされることはなかった。

控えの間に通されると、さっそくジャンヌは侍従にひそひそと耳打ちを始めた。侍従はギョッとした顔でヴェランを眺め、傍らに寄り添うリーゼロッテに視線を移して目を丸くした。せかせかと頷いて彼は出て行き、ややあって慌ただしい足音が聞こえてきた。

バンッ、と両開きの扉が勢いよく開く。落ち着いた色合いのドレス姿の女性が室内に飛び込んできた。白髪まじりの金髪を美しく結い、堂々とした物腰の貴婦人だ。年齢は六十歳くらいだろうか。貴婦人は室内を見回し、動揺を隠しきれない声音で叫んだ。

「わたくしの孫を騙《かた》る不届き者はどこですか⁉」

「――ここです」

長椅子に座ったヴェランが苦笑しながら力なく手を上げる。老婦人は年齢を感じさせない素早さで、旋風《せんぷう》のようにヴェランの目の前に飛んできた。

「それは本当ですか⁉　嘘なら許しませんよ‼」

「嘘ではありません、お祖母様」

老婦人は荒々しく肩を上下させ、さまざまな感情のせめぎ合う瞳でじっとヴェランを凝視めた。

「……あなたは死んだと聞きました」

「彼らは今でもそう思っているでしょうね」

その言葉に、ぴくりと老婦人は柳眉《りゅうび》を動かした。表情がさらに険《けわ》しくなる。

「なるほど……、そういうことですか」

「相変わらず、お祖母様は察しがいいですね」

うっすらと微笑するヴェランの顔色の悪さにようやく気付いたらしい。老婦人の顔に動揺が浮かんだ。

「――ジャンヌ。この者は本物だと、おまえも思いますか」

「はい、侯爵様。あたしも実際話をするまでは半信半疑でしたがね。ヴァンは最初からわかってたみたいですよ」

「ヴァン……。ヴァンはあの子によく懐いてた……」

女侯爵の険しい顔がフッと揺らぐ。しかし彼女はすぐさま表情を引き締め、今度はヴェランの傍らに寄り添うリーゼロッテに厳しい視線を向けた。

「――で、あなたは誰？　どうしてこの子と一緒にいるのですか」

リーゼロッテは急いで立ち上がり、一礼した。ドレスでないのが残念だが、精一杯優雅に挨拶する。

「初めまして、侯爵様。リーゼロッテと申します。ローゼンクロイツ皇帝ラインハルト四世が長女、エリザベート＝シャルロッテ・フォン・デァ・ローゼンクロイツです」

「なっ……」

老婦人は唖然と目を見開き、次いでキリキリと眉を吊り上げた。

「言うに事欠《か》いて、何と不敬な――」

「本物ですよ」

ヴェランが呻《うめ》くように呟いた。脂汗を額に浮かべ、彼は苦笑を浮かべた。

「正真正銘、本物の皇女殿下です。俺が保証します」

苦しげな呻きを耳にして、リーゼロッテは慌てて彼の顔を覗き込んだ。ますます血の気《け》が引いて蒼白な顔だ。

「ヴェラン！」

「……すみません、お祖母様。お叱りや説明は二、三日待っていただけますか。今は正直、傷が痛くて……」

呆然としていた老婦人は、ハッと顔色を変えて侍従に振り向いた。

「早く手当てを！ ジャンヌ、おまえが指示を出してちょうだい。それからこちらの姫君には客室の用意を。――そうね、〈白薔薇の間〉がいいわ。大切なお客様です。くれぐれも粗相《そそう》のないように」

矢継ぎ早の指示を受け、侍従たちが血相を変えて動き始める。両脇から支えられてヴェランが歩きだすと女侯爵はリーゼロッテに向き直った。

「皇女殿下。たいへんご無礼いたしますが、我が孫の緊急事態ゆえ、ご挨拶は後ほど改めて申し上げることをお許しいただきとうございます」

「え。ええ、もちろん。落ち着いてからでかまいませんわ」

「すぐにお部屋を支度させますので、しばしこちらでお待ちを。では失礼いたします」

かなり慌てた様子で、それでも律儀に宮廷式挨拶をして老貴婦人は侍従たちの後を追った。ジャンヌも一緒に行ってしまい、ひとり取り残されてぽつねんと突っ立っていると、また別の侍従がお仕着せ姿のメイドを伴って急ぎ足でやってきた。

「お待たせして大変申し訳ございません、皇女殿下。お部屋にご案内いたします」

ついて行くと、豪華な客間に通された。こちらのメイドに何でもお申しつけを、と言い置いて侍従が下がる。

村娘らしい健康的な顔色の少女は緊張した面持ちでぎくしゃくとお辞儀《じぎ》をした。

「あ、あたしが殿下のお世話をさせていただきます。何なりとお申しつけください」

「ありがとう……。あの、ヴェランは大丈夫なのかしら」

「若様ですか？　あたしはお目にかかっていないのでわかりませんが……。でもジャンヌさんが食事のことで厨房に指示を出しているのを聞きました」

「それならとりあえず心配はいらないかしら……」

荷車の振動が傷に障《さわ》っただけなら、安静にしていればすぐに落ち着くはずだ。

「今はちょっと取り込んでおりますので、後で様子を聞いてきましょう」

「ええ、お願いね」

「あのぅ、お茶でもお淹《い》れしましょうか。それとも何か召し上がります？」

「ありがとう。お腹は空《す》いてないから後でいいわ」

「では、お召し替えをなさってはいかがでしょう。着替えをご用意するよう大奥様より申しつかっております。よろしければ湯浴《ゆあ》みの支度もいたしますが」

メイドの勧めにリーゼロッテは激しく心を動かされた。お風呂には旅籠《はたご》で入ったきりだ。ジャンヌの家でも大きめの盥《たらい》にお湯をもらって身体を清めることはできたが、思いっきり脚を伸ばして湯船に浸かりたい。

（今はわたしにできることもなさそうだし……）

いずれ侯爵とも改めて会見することになる。できるだけ身ぎれいにしておきたい。

「それはありがたいわ。お願いできる？」

「はい、ただいますぐに」

ほどなく続き部屋に風呂の用意が整えられ、適温の湯をなみなみと湛えた湯船に身体を沈めた。旅籠では大きな木の桶、ジャンヌの家では金盥だったが、さすが領主の居城。真鍮《しんちゅう》の猫脚付きの、つるつるした白い琺瑯製《ほうろうせい》の浴槽だ。おまけに数種類のハーブをガーゼの小袋に入れて浮かべてある。

「はぁ、幸せ……」

リーゼロッテはうっとりと呟いた。

「お風呂って本当、贅沢よね～……」

ヴェランも早く怪我が治って入浴できるようになればいいな……と湯に浸かっていると、メイドが追加の湯を持ってやってきて『お髪を洗いましょう』と申し出た。

ありがたく手伝ってもらい、薔薇の石鹸《せっけん》で身体と髪を念入りに洗う。一皮むけたようにさっぱりした気分になった。

用意されたバスローブをはおり、繻子《しゅす》の室内履きを突っかけて部屋に戻ると、髪を乾かすために暖炉には火が入れてあった。ベッドの上には着替えと思しき若草色のドレスとガラス飾りのついた華奢なミュール、アンダースカート、シュミーズやコルセット、パニエなどの下着一式まで抜かりなく用意されている。至れり尽くせりだ。

宮廷育ちの皇女ゆえこういうのがあたりまえと言えばそうなのだが、誘拐されて以来、野宿したり粗末な旅籠に泊まったり男装したりと常ならぬ日々を送っていたせいか、ホッとするよりも現実味を感じられなくてボーッとしてしまう。

それでもメイド三人がかりで髪を乾かしてもらい、ドレスを着付けて髪を結ってもらったりしているうちに、ローゼンクロイツ皇国の皇女としての気品が自然と蘇ってくる。

大きな姿見の前でドレスや髪の具合を確かめると、メイドがおそるおそる尋ねた。

「いかがでございましょう、皇女様。お気に召さなければすぐに直します」

「――うぅん、とても素敵よ。ありがとう」

にっこり笑いかけるとメイドたちは揃って顔を赤らめ、ぽわんと潤んだ瞳をリーゼロッテに向けた。

「ところで、ヴェランのお見舞いに行きたいのだけど……、案内してもらえるかしら」

「は、はい」

我に返って最初のメイドが頷く。案内されたのはひとつ下のフロアの奥まった続き部屋だった。部屋にはジャンヌと女侯爵がいて、ヴェランの枕元で立ち話をしていた。

リーゼロッテが入っていくと、老婦人が進み出てうやうやしく腰を屈めた。

「先ほどは大変失礼いたしました、皇女殿下。どうぞご無礼をお許しください」

「気にしておりませんわ。それより、ヴェランの具合はどうですか」

「痛み止めを飲んで眠っております。安静にしていれば大事に至ることもありますまい」

「かなり血を失いましたからね、当分はおとなしくしていないとだめですよ」

ジャンヌに念押しされて老婦人は頷き、ふたたびリーゼロッテに向けて礼を取った。

「申し遅れました。わたくしはヴィオレット・ド・メルヴェール。現在メルヴェール侯爵位を預かっております」

「預かる……？」

「はい。わたくしの夫が先々代の侯爵でした。そしてわたくしどもの息子が後を継いだのですが、不慮《ふりよ》の事故で夫婦共々亡くなってしまい……。本来、息子の子が爵位を受け継ぐのですが、未だ成人しておりませんので、国王陛下の特別なお計らいにより、わたくしが一時的にメルヴェール侯爵を名乗らせていただいております」

「そうなんですか。——あの。ヴェランがその……、侯爵家の跡取りなんですか？」

女侯爵は微笑んで首を振った。

「この子の母親がわたくしの娘なのです」

ということは侯爵家の跡取りとヴェランは従兄弟同士というわけだ。レヴァンジールの継承法はローゼンクロイツと同じだったはず。基本的には男系で、直系男子がいない場合に限って女子が継げる。だが、その女子に男の継承者がいない場合は傍系《ぼうけい》の男子に王位や爵位が移行する。つまり女性当主が二代続くことはない。

(ヴェランが死んだことになっていたのと、何か関係あるのかしら？)

継承順位を巡って諍《いさか》いが勃発《ぼっぱつ》するのは珍しいことではない。性別や生まれ順、母親の身分、先妻・後妻など色々な要素が絡み合って、とにかくややこしいのだ。

「後継者のお孫さんもこちらに？」

「いえ、孫娘はラルシュの王宮に出仕しております。成人したら爵位を受け継ぎ、こちらへ戻ってくることになっています」

ヴィオレットはふと言いよどみ、探るようにリーゼロッテを見た。

「殿下。この子はどのような説明をしたのでしょうか」

「わたしが聞いたのは彼がメルヴェール侯爵の孫だということだけです。それも、教えてくれたのはつい昨日のことで」

「この子は、ずいぶんと危ない橋を渡ってきたようですね」

「決闘士だと聞きました。長いこと旅をしていたそうです。二、三年前から王都に腰を落ち着けたとか」

「殿下が誘拐されたというのは本当ですか？」

「嫁入り途中に攫《さら》われました。犯人は亡くなったエルンスト王子を名乗っていましたが、もちろん偽者です。わたしはエルンスト様を知っています」

老婦人はうっすらと微笑んだ。

「……そうでしたね」

「わたしが誘拐されたことは公表されているのでしょうか？」

「いいえ、皇女様は無事に王宮に入られたことになっています。ローゼンクロイツの皇女殿下が誘拐されて行方不明だなんて、重大な外交問題ですからね。わたくしも、この子から聞くまで知りませんでした」

「変な手配書が出回ってません？」

「それは通達がありました。『王宮から大金を盗み出した女盗賊を捕縛《ほばく》せよ。ただし、髪の毛ひとすじたりとも傷つけることは絶対にまかりならん』と。懸賞金の額も相当なものでしたわ。似顔絵付きで手配書が回ってきましてね」

ヴィオレットはしげしげとリーゼロッテを見て苦笑した。

「それにしてもあの似顔絵、本当によく描けていますね。特徴をよく捉えています」

「リシャール王子との婚約が整ったときに贈った肖像画を写したんだと思います。何もあんなに実物そっくりに描くことないのに」

リーゼロッテは溜息をついた。

「濡れ衣もいいとこだわ。誘拐された被害者なのに、罪人扱いなんてひどすぎます」

「苦肉の策だったのでしょう。おおっぴらに捜索するわけにもいきませんし。……あなたを捕らえて王宮に突き出しても、約束どおり報奨金が支払われたとは思えませんが」

「え……」

「おそらく口を塞がれるのが関の山……。アニエス王妃は目的を果たすためには手段を選ばぬ人です」

淡々と女侯爵は口にした。感情のこもらない言い方に、かえって恐ろしさを感じる。

そういえば、偽王子は王妃のことを『魔女』と呼んでいた。

「……王妃様はそんなに恐ろしい方なのですか」

「大変な野心家であることは間違いありませんね。邪魔者は容赦なく排除し、必要なものはどんな手段を使ってでも手に入れる。皇女殿下、あなたは王妃の野望にとって必要不可欠な存在です。命を取られる心配はありません。その点は安心なさっていいかと」

「王妃様の野望って何ですか？」

「もちろん権力を握ることです。できることなら女帝になりたいのでないかしら。それは絶対に無理なので、何がなんでも息子を王位につけたがっているのですよ」

「リシャール様は王太子だし、他に王子はいませんよね？　放っておいてもいずれは国王になられるのだから、何もそんなに焦ることは……」

「王位につくだけではだめなのです。あの女にとってはね……。息子に最高の花嫁をめあわせない限り完全ではないのです」

「最高の花嫁……？」

「あなたですよ、皇女殿下。もはや名目上のこととはいえ、大陸の宗主たるローゼンクロイツ皇家の血筋は今でも王の正統性を示すものと見做《みな》されています。あなたはアニエス王妃にとって最高の切り札なのですよ、リーゼロッテ姫」

　ヴィオレットのまなざしは氷のような冷たさと、燃え上がる炎熱を両方含んでいるかのようだった。リーゼロッテは無意識にこくりと唾《つば》を呑んだ。

「……自分が政略結婚を定められた身であることは承知しています。でもわたしにだって自分の意思というものがありますわ」

「では、その意思でお選びください。王宮へ戻るか、ここに残るか」

凛《りん》とした声音で問われ、リーゼロッテは唐突に理解した。

ヴィオレットはリーゼロッテを信用してはいない。王妃を『あの女』呼ばわりすることからして彼女が王妃に反発しているのは確かだ。王妃が息子のために嫁入りを請うたローゼンクロイツの皇女を信用できないと感じても無理はないだろう。

「……わたしは元はエルンスト王子の婚約者でした。亡くなった今でもお慕《した》いしています。だから、もしも王妃がエルンスト様の死に関わっているのなら、そんな人に利用されたくなどないわ。でも今は、何が真実なのかわからない。すべてが明らかになり、納得した上でなければ身の振り方を決めることはできないし、それまでは王宮へ入るつもりはありません。それに……」

ちら、と眠っているヴェランを見る。だいぶ顔色は戻ったが、それでもまだ血の気《け》が失せて青白い。

「……今はヴェランの側にいたいんです。彼はわたしを助けてくれた。わたしの願いを聞いて、ここまで連れてきてくれたんです。あんなケガをしたのもわたしをかばったせい。彼の傷が治るまでは側を離れません。その後のことは……そのときになってから考えます。それではいけませんか」

女侯爵は黙ってリーゼロッテの顔を凝視め、ほんの少しだけ顔を綻《ほころ》ばせて頷いた。

「……では、この子の望む限り側にいていただくことにしましょう。あなたのことは箝口《かんこう》令《れい》を敷きますが、どこから噂が広がるかわかりません。城からけっして出ないでください。城内でもあまり出歩かれませんよう」

「ご迷惑をおかけするつもりはありません。ここにいるだけで、ご迷惑でしょうけど」

ふっ、とヴィオレットは微笑った。

「あなたは孫の命の恩人です。そのお礼はきっちりいたしますわ、姫君」

そう言ってヴィオレットはジャンヌを連れて静かに部屋を出ていった。

リーゼロッテはふぅと息をつき、無意識に力《りき》んでいた肩の力を抜いた。

枕元に腰を降ろし、そっとヴェランの額を撫でる。

「……わからないことが増えちゃったわ」

侯爵家の一族であるにも拘らず、死んだことになっていて決闘士なんて危険な仕事をしていたヴェラン。侯爵位を預かる彼の祖母は王宮を牛耳《ぎゅうじ》る王妃に反発している。

「わたしは招かれざる客……ってとこかしら」

嫌っている王妃の熱望で輿《こし》入れしてきた皇女だ。王妃の手駒《てごま》と見做されても無理はない。

「でも……、何としてもニーナを救い出す手助けをしてもらわなきゃ」

ヴェランのケガですっかり頭から飛んでいたが、そもそもメルヴェール侯爵を訪ねたのは偽王子の企《たくら》みを探るため、そしてニーナの身代金を立て替えてもらうためだった。

女侯爵と偽王子の一派は反王妃という点では一致しているようではある。だからといって、偽者の王子が率《ひき》いる謀叛に加担するとは思えない。リーダーが偽者では何の正当性もないのだ。むしろ大逆罪に問われる可能性が高い。

リーゼロッテは眉間に指先を押し当てて考え込んだ。

（……どうも変な気がする。最初から何か奇怪《おか》しくなかった……？）

だが、何が奇怪しいのだろう。その違和感の正体が掴めない。

考え込んでいると、くすりと低く笑う声がした。

「そんなしかめっ面《つら》をしてたら可愛い顔が台無しだぞ」

「ヴェラン！　ごめんなさい、起こしちゃった？」

「いや、うとうとしていただけだから」

彼は小さく身じろぎすると、リーゼロッテを見上げて微笑んだ。

「……綺麗だな」

衒《てら》いのない声音で囁かれ、頬が熱くなる。

「ありがとう……。着替えをお借りしたの」

「やっぱりドレス姿のほうがずっといい」

ヴェランの手が腰に回る。引き寄せられ、赤くなりながらも抗《あらが》いはせず、リーゼロッテは自然に上体を倒した。

唇が出会う。ちゅっ、と小さな音が聞こえ、ますます頬が熱くなる。ヴェランの大きな手で包むように顔を撫でられ、希《こいねが》うように凝視められると、ためらいはどこかへ消えてしまった。幾度となく唇を重ね、熱い吐息を洩らしながら角度を変えてまさぐりあう。

彼の舌が歯列の隙間から入り込んでもリーゼロッテは抵抗しなかった。厚みのある舌を絡め擦《こす》り合わさせると、ぞくぞくと戦慄《わなな》きが背骨を走る。生理的な涙が浮かんで睫毛を濡らした。

「ん……、だめ、ヴェラン。これ以上は……、傷がまた開くわ」

彼の抱擁に身をゆだねてしまいたい誘惑をどうにか退け、息を乱しながらたしなめる。

リーゼロッテの首筋に鼻先を擦りつけてちゅっちゅと甘く吸いながら、ヴェランは熱に浮かされたように囁いた。

「いい匂いだ」

「あ……、お風呂をいただいたの……。ヴェラン、本当にもう――」

つきんと身体の中心が不穏に疼き、リーゼロッテは狼狽《ろうばい》した。

（や、やだ。何これ……っ）

反射的にヴェランの肩をぐっと掴むと、彼は押し殺した呻き声を上げた。背に回された手がゆるみ、慌てて飛びのく。

「だ、だめだったら！　ケガが治るまではおあずけ」

真っ赤な顔で叱りつけると、彼はしゅんと眉尻を下げた。

「綺麗なお姫様がキスしてくれたら早く治ると思う」

「もういっぱいしたからおしまいよ」

照れ隠しも加わって、つい叫んでしまう。かまわず強引に抱き寄せられてリーゼロッテは目を白黒させた。

「ちょ、ちょっと！　だめだって言ってるでしょ……」

ケガ人を邪険《じゃけん》に突き飛ばすのは気が咎《とが》め、中途半端にもがく。

ヴェランは両手でリーゼロッテを抱きしめ、なだめるように背中を何度も撫でさすった。欲望を感じさせない仕種にリーゼロッテはこわばっていた身体の力を抜いた。

「うん……、いい抱き枕だ」

「ふ、ふざけないでよ」

耳元で低く笑う声が心地よい。リーゼロッテは赤らんだ顔をそっと彼の胸に伏せた。

「ヴェランったら、いったいどうしちゃったの？　溺れかけたとき岩にぶつかって頭でも打ったんじゃない？」

「なんで？」

「だって、前はこんなこと……」

追っ手の目を誤魔化すためにキスされたことはあったが、それからは触れてくることはなかった。同じ部屋で眠っても危《あや》うい気配を感じたことは一度もない。

お風呂に入りながら話しても恬淡《てんたん》としていた。うっかり胸を晒したときだって『眼福』なんてふざけて笑っただけで……。

ヴェランの唇が愛しげに頬に押し当てられる。優しく背を撫でながら彼は囁いた。

「気付いたんだ」

「わたしがとっても魅力的だってことに？　ずいぶん今更ね」

また照れ隠しでつんけんしてしまう。くくっとヴェランは笑った。

「それもあるが……。やっぱり手放せないって」

「……？」

身を起こそうとすると、後頭部に手を添えてぎゅっと胸に押しつけられた。

「絶対、誰にも譲れない」

自分自身に宣言するかのような口調に胸が詰まる。そろそろと顔を上げると、琥珀色の瞳をやわらげて彼は囁いた。

「もう迷うのはやめだ。俺は取り戻すことにするよ」

「取り戻すって、何を？」

「奪われたもの。失ったもの。取り返せるもののすべてを」

「そこにはわたしも入っているの？」

「ああ。きみこそその中心だ」

赤くなるリーゼロッテの頬に手を添え、薄いブルーの瞳を彼は覗き込んだ。

「リーゼロッテ。俺と結婚してほしい」

唐突な求婚にリーゼロッテは目を見開いた。

「けっ……こん……？」

「俺を介抱《かいほう》しながら叫んでただろう？　死んだら結婚してあげないって」

「あ、あれはその……っ」

「こうして俺は生きてる。だから俺と結婚してくれ」

溺れて亡くなった元婚約者とごっちゃになったとは、ちょっと言いづらい。

ぐっと両手を握りしめられ、リーゼロッテは焦った。

「そ、その三段論法は、ちょっと問題があるんじゃないかしらっ……!?」

「俺が嫌いか？」

ヴェランがまた眉尻を下げる。叱られた犬が耳を垂れ、しゅーんとする様にそっくりだ。

リーゼロッテは焦って首をブンブン振った。

「きっ、嫌いじゃないわ！　全然嫌いじゃ……。その……、そのぅ……」

ちらっと上目遣いに窺い、目を逸らしながら呟く。

「好き……よ？　すごく……、ひぃ!?」

ガバァッと抱きしめられて呼吸が止まりそうになる。

「よかった！　だったら何も問題はない」

手放しに喜ぶヴェランが可愛くて、愛しくて……、それだけに哀しみが胸に沁《し》みる。

「あなたが好きよ。……でも、わたしは結婚相手を自分で選ぶことはできないの」

呆気にとられるヴェランの顔を、そっと撫でる。

「わたしはローゼンクロイツの皇女だから……。ローゼンクロイツの皇族はね、生まれたときから政略のための結婚が定められているの。大陸各国の王族に嫁ぎ、婿入りし……、そうしてローゼンクロイツ皇国の存続と、大陸の平和を維持するのがわたしたちの役目。感情で決めてはいけないのよ」

物心つく前からずっと言い聞かされてきた。そういう運命の下に生まれたのだと。

他人に人生を決められることに反発を覚えないわけではない。自由な恋愛に対する憧れだってある。それでも繰り返し擦り込まれた義務感はそんな夢物語を凌駕《りょうが》する重みをけっして失わない。

いつだって自明のものだった義務感が、今はずっしりと重い足枷《あしかせ》のように感じられた。

こんなことは初めてだ。

ヴェランの目つきが険しくなる。

「俺のことが好きでも俺とは結婚できないと？」

「そんなふうに言わないで……」

「そういうことじゃないか」

「それがわたしの運命なのよ」

「運命は自分で選ぶものだ！」

激しい口調にリーゼロッテは目を丸くした。ヴェランが真剣な顔で瞳を覗き込む。

「自分で選んだものが運命になるんだ。俺たちはいつだって結局は自分で選んでいるんだ。幸せになることも、不幸になることも」

「不幸になることを選んだりする人なんていないわ」

「そうかな。『本当の願いを諦める』という選択をすることで、幸せから遠ざかる道を選んだことにもなるんじゃないか。きみが今ここにいることだって自分で選んだ結果だろう。きみはローゼンクロイツに帰ることも、ラルシュの王宮へ行くこともできた。なのにそのどちらでもなく、偽王子の真意を探り出すこと、ひいてはエルンスト王子の死の真相を暴くことを選んだ。きみの言う『運命』に従うのなら、王宮に直行すべきだった。きみはリシャール王子と結婚するためにこの国に来たのだから。そうしなかったのは何故だ？」

リーゼロッテは呆然と目を瞠った。

ヴェランの言うとおりだ。自分の『運命』を受け入れていたのなら、偽王子の手から逃れたその足で王宮に向かうのが筋だし、手っとり早い。なのにリーゼロッテは一旦故国へ引き返すことを選び、さらには誘拐の裏に隠された真実を探求することを選んだ。

最もすべきことからどんどん遠ざかった。それは何故……？

「──逃げたの」

リーゼロッテはうつむき、低声で呟いた。

「そうよ、わたしは逃げることを『選んだ』の。リシャール王子と結婚したくなくて」

誘拐されたのを幸《さいわ》い、定められた『運命』から逃げたのだ。

ヴェランの指が、リーゼロッテの頤《おとがい》をそっと持ち上げる。

「じゃあ俺とは？　俺と結婚するのもいやか？」

「いや……じゃない……。ヴェランとはずっと一緒にいたいわ。この旅が終わらなければいいと思ってた。そうすれば、いつまでも一緒にいられる……」

「だったら探そう。いつまでも一緒にいられる道を」

優しい笑みに胸が詰まり、リーゼロッテはヴェランに抱きついて何度も頷いた。

「……運命を選ぶなんて考えたこともなかったわ。すでに決まっていて、従わなければならないものだとばかり……」

「俺も昔はそんなふうに思ってたよ。でも、同じことをするにしたってそれが運命だからと諦め半分で受け入れるのと、自分がそうしたいからするんだと決めてやるのでは、結果は全然違ったものになるんじゃないか……。そう考えるようになったんだ」

ヴェランは囁き、リーゼロッテの目許にそっとくちづけた。

「そのきっかけをくれたのは、リーゼロッテ、きみだった」

「わたし……？」

リーゼロッテは身を起こし、小首を傾げてヴェランを眺めた。

「それ、いつの話？」

「さぁね。結婚したら教えてやるよ」

「偉そうね！　ほら、もう寝なさい。ちゃんと休まないといつまでも傷が治らないわよ」

「キスしてくれ」

「だめ。ちゃんと眠ったら、明日の朝してあげる」

「そうか。それじゃ、おやすみ」

「現金なんだからっ」

ぷぅとむくれると、ヴェランはくくっと笑って目を閉じた。苦笑してリーゼロッテは彼の肩口までそっと布団を引き上げた。

ほどなくヴェランは眠りに落ち、規則正しい寝息を立て始めた。リーゼロッテは彼の頬をそっと撫で、穏やかな寝顔を飽《あ》かず眺めていた。

第四章　紅に染まる純潔の花

半月ほど穏やかな日々が続いた。ジャンヌが処方した薬湯や貼り薬、滋養のある食事の効果に加え、もともと頑健《がんけん》で体力もあったヴェランの傷は順調に回復していった。

それは大変喜ばしいのだが、ひとつだけリーゼロッテを困惑させることがある。身体が回復するにつれてヴェランの求愛がエスカレートしているのだ。

何かというと抱きしめられ、キスされる。人目があっても気にしない。祖母の前では礼儀正しくしているものの、使用人たちにはすっかり恋人同士と認識されてしまった。

いちおう抗議してはみるのだが、これでも我慢してるんだからキスくらいさせろと押し切られてしまう。彼に抱きしめられるのもキスされるのもいやではないから、ぴしゃりと撥ねつけるのは難しかった。

女侯爵にはこれまでの経緯を話し、すでにニーナ救出のための密使を王都に送り込んである。今はその連絡待ちだ。

ヴィオレットは渋ることなくニーナの身代金拠出を承諾してくれた。孫が王太子の婚約者に横恋慕《よこれんぼ》していると知らぬわけもないだろうが、今のところは黙認してくれている。

いったい彼女はどう動くつもりなのだろう。偽王子から聞いた、エルンスト王子が王妃に謀殺《ぼうさつ》された疑惑があることについて話すと、ヴィオレットは厳しい表情で頷いた。

「まずは彼らの言い分を直《じか》に聞きたいですね。エルンスト王子の死については事故の直後から黒い噂は流れていたのです。しかし国王陛下は王妃に悪意を持つ者の流した悪質なデマだと一蹴《いっしゅう》された……。アニエス王妃は元は陛下の愛妾《あいしょう》でした。結婚前から囲っておられたのです。リシャール王子はその頃に生まれた方で、母親が正式な王妃になるまでは王子の身分を与えられていませんでした」

「年下のエルンスト様が王太子だったのは、それが理由ですか？」

「そうです。エルンスト王子の母は最初の王妃アンヌ＝マリー。彼女が亡くなり、再婚を勧められた王は周囲の反対を押し切って愛妾のアニエスを王妃に昇格させた。アンヌ＝マリーと結婚して以来、王はアニエスから遠ざかっていましたが、子供がいたこともあって生活の面倒は見ていたのです。愛妃を失って嘆《なげ》く王を、アニエスはここぞとばかりに籠絡《ろうらく》し、ふたたび寵《ちょう》を取り戻したというわけです。それに伴ってリシャール様も正式に王子として認められました。ただし、年上であっても出自《しゅつじ》が低く、出生時に母親が王妃でなかったので王太子には指名されませんでした。アニエスはそれが不満だったようです」

ヴィオレットの言葉は刺々《とげとげ》しかった。王妃に対して相当な反感を抱いているようだ。

「あの……、リシャール様はどんな方なのでしょう」

　老貴婦人の表情がふっとなごむ。

「リシャール様自身は賢明な方だと思いますよ。どちらかというと執政者というより学者肌の御方ですが。あの方が王位を継ぐこと自体にはさほど問題ありません。問題は……」

「王妃様、ですね」

　うんざりした顔でヴィオレットは頷いた。

「何にでも出しゃばる女性でしてね。陛下のお加減が思わしくないのをいいことに政治にも首を突っ込んでくるのです。かといって手腕があるわけでもなく、単に自分の寵臣《ちょうしん》に都合のよいように政《まつりごと》をねじ曲げているだけ……。リシャール様も牽制《けんせい》してはおられますが、母親だけあってそう強く出られないようです。良くも悪くもお優しい方ですから」

「反王妃派の方はたくさんいらっしゃるのですか？」

「今は半々というところかしら……。王妃が自分に都合のよい人物ばかり取り立てるので、反王妃派の旗色は悪くなる一方。このままではまずいと一部の者が動き始めたのでしょう。死んだはずのエルンスト王子を担《かつ》いで、ね」

「あれは偽者です！」

「そう言い切れるのはあなただけなのですよ、リーゼロッテ姫。エルンスト王子の遺体は上がっていない。生きている可能性は否定できません。王妃が強固に否定すればかえって疑いを強め、かつての黒い噂が再燃することになる。……なかなか巧《うま》いやり方だわ」

ヴィオレットは冷ややかな笑みを浮かべた。

「でも……、偽者が王位継承権を手に入れてしまったらどうするんです？　国民全体を騙すことになりますわ」

「それは彼らの目的がどこにあるかによりますね。リシャール王子ともども王妃を追い落として政治の実権を握ることなのか、それとも単に王妃の悪事を暴き、彼女を追放することのみを目指しているのか」

ハッと目を瞬くと、ヴィオレットは小さく頷いた。

「後者であれば、偽者であることはいずれ自ら暴露するでしょう。リシャール王子が王になることに反対しているのでなければね。リシャール王子を支持する者とアニエス王妃の佞臣《ねいしん》とは必ずしも重ならないのですよ」

複雑だわ……、とリーゼロッテは嘆息した。

（リシャール王子がロクデナシなら話は簡単なのにね）

どうもそうではないらしい。うーん、と眉根を寄せて考え込んでいると、どこか上《うわ》の空でヴィオレットが呟いた。

「それよりわたくしが気になるのは、彼らが知っていてあの子を引き込んだのか、たまたま巻き込まれただけなのか……」

「ヴェランがどうかしたんですか？」

「――え？　いえ、何でもありませんわ」

ぎくしゃくと笑みを浮かべるとヴィオレットは『用を思い出した』と言って、慌ただしく席を立ってしまった。リーゼロッテは首を傾げ、冷めてしまった紅茶を飲んだ。テラスに出されたテーブルにはティーセットと焼き菓子が載っている。バターのきいたマドレーヌをもうひとついただき、リーゼロッテはふたたび考え込んだ。

（ヴェランは偽王子に腕を見込まれてスカウトされたのよね……。それとも他に何か理由があるのかしら？）

彼は侯爵家の一員だ。メルヴェール侯爵家は王家にとって最古参の家臣だという。代々、国王のよき助言者であり、抱える兵力も無視できない規模であるらしい。

ヴェランは跡継ぎではないが次期侯爵の従兄弟で継承権もある。次期侯爵は女性だから、彼女が男子を産まなければ爵位を継ぐのは彼になる。そうならなくても次の女侯爵から頼りにされる可能性は高い。

（……その辺りを見越して彼を味方に引き込んだってこと？）

そうなると、偽王子はヴェランの正体を最初から知っていたということになる。

（もしかして……、この企みは思ったよりずっと根が深いのかも……）

何だかぞくっとして肩をすくめると、大きな手が包むように肩を抱いた。

「どうした？　青い顔して」

ヴェランが心配そうに覗き込んでいる。

「あ……、なんでもないわ」

急いで微笑み、彼が腰に愛剣を下げていることに気付いて眉を吊り上げる。

「ヴェラン！　まさか剣を振り回したりしてたんじゃないでしょうね⁉」

「城詰めの騎士と軽く手合わせしただけだ。寝込んでたせいでずいぶん身体が鈍《なま》っちまった。早く勘を取り戻さないと」

「無茶すると傷が開くわよ」

「もう大丈夫だって。過保護だな」

ヴェランは苦笑して隣の席に座った。ポットに手を伸ばす彼を制し、卓上のベルを振る。

「もう冷めてるから替えてもらいましょう」

即座にメイドがポットを持って下がる。リーゼロッテは軽くヴェランを睨んだ。

「わたしが過保護なんじゃなくて、あなたが無茶過ぎるの。ケガした時くらいちゃんと休んで当然よ」

「そんな悠長なことしてたら飯《めし》の食い上げだ」

リーゼロッテは眉を垂れて溜息をついた。

「ヴェラン……。あなたはもう決闘士じゃないのよ？　侯爵家の人間なんだから、望めば王室近衛隊の司令官にだってなれるはずだわ」

「ふん、柄じゃねぇな」

「そう？　軍服も似合いそうだけど……。ともかくわたし、決闘士の妻にだけはなりませんからね。あなたが仕事で出かけるたびにケガするんじゃないか、死ぬんじゃないかと気を揉みながら待たなきゃいけないなんて、そんなのまっぴらよ」

ツンと顎を反らすとヴェランはニヤリとしてリーゼロッテの頬を撫でた。

「わかってるさ。だが、鍛えてないと落ち着かないんだ。どんなときも負けたくない」

「呆れるくらい負けず嫌いね」

「約束したからな」

瞳をじっと覗き込んで思わせぶりにヴェランが微笑する。リーゼロッテはドキッとした。

（約束……。――――！）

彼は前にもそう言っていた。勝ち続けると約束したのだと。大事なひとと。『この世でいちばん可愛くて、愛しいひと』と。

胸がキリキリと痛くなった。彼には好きな人がいるのだ。なのにリーゼロッテに求婚した。何故？　どうして？

（わたしを利用しようとしているの……？）

目を逸らしてうつむくと、ヴェランが顎を掬《すく》い取った。

「おい……。どうしたんだいきなり。何を泣きそうな顔してる」

「……別に」

意地を張って目を逸らしたままリーゼロッテは呟いた。

目を合わせたら涙がこぼれてしまいそうだ。依怙地《いこじ》に顔をそむけたままでいるとヴェランの溜息が聞こえ、ますます頑《かたく》なな気分になる。

と、いきなり腰に手を回され、強引に膝に載せられた。リーゼロッテは泡《あわ》を食ってヴェランを睨んだ。

「ちょ……、何するの⁉」

「きみは存外《ぞんがい》、鈍《にぶ》いんだな」

「はぁ⁉　失礼なっ、鈍いのはどっちよ！」

求婚した相手の目の前で、したり顔で恋人（かどうか知らないけど！）と交わした約束を惚気《のろけ》るなんて。無神経にもほどがある。

「ヴェランの馬鹿っ。き、嫌いよ！」

「そういう顔で『嫌い』とか言われて信じられると思うか？」

「知らない！」

「俺は、好きだ」

間近から真摯《しんし》な瞳で告げられ、息が止まる。ヴェランは深くリーゼロッテの瞳を覗き込んで囁いた。

「きみが好きだ。はっきり言わなきゃわからないなら、何度でも言ってやる」

「……う、嘘よ」

「嘘なんかついてない。そんな嘘をつく必要がどこにある」

「それは……、だって……」

「きみが約束を覚えていなくても仕方がない。残念ではあるが、まぁいい。忘れっぽくて鈍いきみに、改めて教えてやるまでだ」

「誰が忘れっぽくて鈍いのよ!? や、離してっ……、んッ」

強引にくちづけられ、リーゼロッテは目を剥いた。

突き放そうとした手を素早く掴まれ、動きを封じられてしまう。それはいっそ小憎《こにく》らしいくらいの早業《はやわざ》で、リーゼロッテの瞳に憤激と悲しみがない交ぜになった涙が浮かんだ。

息継ぎもままならないほど立て続けに唇を塞がれ、舌を吸われる。ぼうっとしてくる意識の片隅で、リーゼロッテは気付いてしまった。

たとえ本心では他の誰かを愛しているのだとしても……、それでも彼が好きなのだ。

顔も知らない『誰か』から強引に奪い取って我がものとしてしまいたいくらい愛しい。

「リーゼロッテ……」

耳元をくすぐる熱い囁きにぞくりと肩が震える。リーゼロッテは彼のうなじに手を回し、自ら唇を押しつけた。互いの熱い吐息が混ざり合って、ぞくぞくと背骨に戦慄きが走る。

「……誰にも渡さない。そのために、俺は――」

ヴェランの囁きが低く途切れ、指先に力がこもる。

朦朧《もうろう》としてくる意識のなかでリーゼロッテは懐かしい声を聞いていた。

『勝ち続けることにしましょう。あなたの……であるために』

――誰……？

泣きたいほど懐かしい面影が記憶のなかで曖昧《あいまい》に滲《にじ》んでゆく。

てのひらからこぼれ落ちる砂のように……。

笑い声。

きらきら。

――待って。待って……、待って……！

遠ざかる笑顔に向かって手を伸ばす。

リーゼロッテは消えてゆく面影に取りすがるように、きつくヴェランの背を掻き抱いた。

足音を忍ばせてメイドが運んできたティーポットは、一度も手をつけられないまま冷めていった。

その夜、入浴と寝支度を済ませたリーゼロッテはメイドを下がらせ、ひとり寝台の上で膝を抱えていた。

（結局、誤魔化された気がする……）

ふぅ、と溜息をついて膝頭にコテンと顎を載せる。

「ヴェラン……、本気でわたしが好きなのかしら……」

プロポーズされてあんなに嬉しかったのに、愛されているという自信が急に揺らぎ始めた。彼の心の奥には誰か他の人が住んでいる気がする。

勝ち続けると約束した人。生と死の境界線で綱渡りのような闘いを繰り返してきた彼にとって、心の支えだったたであろう人。彼が心の底から愛しているのは、きっとその人だ。

リーゼロッテが好きだと言ったのは必ずしも嘘ではないと思う。でも、いちばんに想っているのが自分ではないのだとしたら……、そんなのはとても耐えられない。

（わたしはヴェランがいちばん好きなのに）

課せられた使命に逆らってでも、共に生きる運命を選ぼうと決意するほど彼のことが好きなのに。ヴェランにとって自分は何なのだろう。

彼が失ったものを取り戻すのに都合がいいから？　誰もが一目置くローゼンクロイツの皇女という身分？　ヴェランがリーゼロッテを妻とすれば、たとえ彼が一介の貴族であろうとローゼンクロイツ皇国という強力な後ろ楯ができる。皇国自体に力はなくとも、各国の王室を結ぶネットワークの要なのだ。ローゼンクロイツ出身の各王室のメンバーは、レヴァンジール王家よりもリーゼロッテの嫁ぎ先の意向を重視するようになるだろう。

似た事例が別の国で実際にあったことをリーゼロッテは知っていた。皇女を娶《めと》ったとある貴族が、数代後には実質的にその国の王家を呑み込んでしまったのだ。

（……確かめなきゃ）

リーゼロッテはベッドから降り、そっと部屋を抜け出した。

たとえヴェランが政治的な野心を持っていたとしても、そのこと自体を責める気はない。戦争を起こすなどという話にでもならない限り、協力するのにやぶさかではなかった。

だとしても、露骨《ろこつ》にその目的のために利用されるのはいやだ。それでは政略結婚と何も変わらない。いや、それよりひどいかもしれない。愛を囁いておきながら結局は利用するための方便《ほうべん》なら、あまりにも残酷な騙《だま》し討ちだ。

リーゼロッテはヴェランの部屋のドアをそっとノックした。

「……ヴェラン？　話があるんだけど」

何度かノックを繰り返したが、返事はない。

ドアの隙間から灯《あかり》が洩れているからまだ寝てはいないはずだ。ドアの把手《とって》をそっと押し下げると鍵はかかっておらず、すんなりとドアは開いた。

室内にヴェランの姿はなかった。後ろ手にドアを閉め、リーゼロッテはふぅと溜息をついた。ヴィオレットと何か話でもしているのだろうか。

ここで待っていようか引き返そうかと迷っていると、隣室から水音が響いてくるのに気付いた。

（……お風呂に入ってるのね）

だったら少し待っていよう。室内を見回したリーゼロッテは、ふとベッドサイドの小卓の上にヴェランが肌身離さず持っているペンダントが置かれていることに気付いた。

てのひらに載せ、改めてじっくりと眺めてみた。それは銀色の楕円形をした大振りのペンダントで、厚みもかなりある。表面に刻まれているのはメルヴェール侯爵家の紋章だ。

彼にとっては自分の出自を示す唯一のものだったのだろう。

「……そういえば、ヴェランのお父さんって誰なのかしら」

リーゼロッテが聞いたのは彼の母親がヴィオレットの娘であるということだけだ。侯爵位を継いだのは兄弟だから、彼女はどこかに嫁いでヴェランを産んだはず。

侯爵家の息女の嫁ぎ先なら普通はそれに見合う高位の貴族であるはずだ。

（そうだわ……。継承は基本的に父系なんだから、彼は父親の方の後継者であるはずよ）

長男か次男なのか、それはともかく、どうして彼はわざわざ母方の祖母を頼ってきたのだろう……？

「——あっ。いけない！」

考え込んだ拍子にペンダントがてのひらから滑り落ち、カシャンと小さな音をたてて床に落ちる。慌てて屈み込んだリーゼロッテは、ペンダントの合わせ目がずれていることに気付いて狼狽した。

「ど、どうしよう……、壊しちゃった⁉」

おろおろと覗き込んで目を瞠る。

(これ……、ロケットなんだわ)

落ちた衝撃で留め金が外れたのだ。勝手に見てはいけないと良識に叱咤《しった》されつつ、好奇心に負けてリーゼロッテはそっと蓋《ふた》を開いた。ロケットの中にはありがちな細密画《ミニアチュール》ではなく、細長い布地のようなものが納められていた。

「……何これ」

取り出してみると、するんと長く伸びる。

「リボン……？」

ひどく色あせているが、元は薔薇色か何か濃いピンク系だったようだ。水に濡れた跡らしき染みがひどく、端《はし》はほつれて糸が出ていた。

凝《こ》った意匠のレースで縁取られているものの、それもかなり傷《いた》んでちぎれてしまっている箇所も多い。しげしげと眺めるうち、リーゼロッテの唇が震えだした。

(これ……、知ってるわ。見たことある……！)

幼い頃、いちばんのお気に入りだったリボン。色あせてボロボロになっているが間違いない。リーゼロッテを産んで間もなく亡くなり、肖像画でしか顔を知らない母の、形見のドレスから父にねだって外してもらったリボンだ。

髪につけると母が頭を撫でてくれるようで嬉しかった。とても大切にしていて、特別な時にしか人前ではつけなかった。

どうしてこれをヴェランが持っているのだろう。だってこれは……。

「――リーゼ？」

背後からいぶかしげな声が聞こえて、リーゼロッテはびくりと背をこわばらせた。

ぎくしゃくと振り向くと、バスローブに身を包んだヴェランが眉を寄せてこちらを見ていた。彼はリーゼロッテが色あせたリボンを手にしているのを見てハッと息を呑んだ。

互いに押し黙ったまま凝視めあう。洗い髪がローブの胸に垂れているのを見ると、急激に記憶が蘇った。照れくさそうに微笑む少年の面影が脳裏に立ち上がる。

『いいえ、いただきます。リボンを結べるように髪を伸ばせばいい』

王子様はリボンなんかしないかしら、と気後れするリーゼロッテに、彼は優しく微笑んでそう言ってくれた。なんて思いやりのある人なんだろうと感動した。

『勝ち続けることにしましょう。あなたの夫であり続けるために』

約束。

そう、約束したのだった。負けたら離婚よ、と小生意気な口をきいたリーゼロッテに、彼は誠実に約束してくれたのだ。

「……髪、本当に伸ばしたのね」

勝手に潤んでくる瞳を凝らして囁くと、ヴェランは微笑んでリーゼロッテの前に跪《ひざまず》いた。

「そう約束したからね」

ぽろりと涙がこぼれる。次々とあふれる涙を、ヴェランの長い指が優しく拭ってくれた。

「どうして……言ってくれなかったの……？」

ヴェランの顔が曇る。彼は眉根を寄せて呟いた。

「姫君が恋した王子は、もうどこにもいないから」

「どうして……？」

リーゼロッテは彼の頬に両手を添え、琥珀色の瞳を覗き込んだ。

昔は黄水晶《シトリン》の色だった。髪の色はもう少し明るかった。こんなに鋭利な顔立ちではなく、まといつく影もなかった。

それでも。

変わっていない。

凝視める瞳にあふれる真摯な優しさは――。

リーゼロッテは涙をこぼしながら微笑んだ。

「そんなことない……。ここにいるわ。あなたはいつだって、わたしの素敵な王子様よ」

「リーゼロッテ……！」

彼の顔が切なげにゆがみ、ぎゅっと胸元深く抱き込まれる。

「……エルンスト様……っ」

胸が詰まりすぎて、かすかな囁き声しか出せない。それでも何度も名を呼んだ。彼は頬をすり寄せ、そのたびに頷いた。抱き上げられ、ベッドに下ろされるや否《いな》や組み敷かれて唇を奪われる。怖くなどなかった。喜びで胸がいっぱいだった。

彼の存在を、生存を確かめるように、引き締まった体躯に手を這《は》わせた。しなやかな筋肉の動きに彼が生きて自分を抱いていることを実感して涙があふれた。

唇をむさぼりながら彼の手がガウンの合わせを開いて胸に触れてくる。その感触にリーゼロッテは陶然《とうぜん》となった。いつだったか、追っ手を誤魔化すために娼婦と客を装ったときにも胸に触れられたが、あのときは衣服とコルセットでガードされていた。だが、今は薄手の夜着一枚だ。彼のてのひらの温かさまで克明《こくめい》に感じられる。

もっと触れてほしくて、もっと彼に触れたくて、リーゼロッテは大胆に身体をすり寄せた。彼は餓《う》えたような吐息を洩らし、荒々しく夜着を剥いでゆく。

一糸まとわぬ姿を男の目に晒し、リーゼロッテは顔を赤らめた。ヴェラン……いやエルンストが熱愛の瞳で裸身を凝視している。その視線に紛れもない欲情が含まれていても怖くない。それどころか胸が甘く疼いて、もっと見て触れてほしいとさえ願ってしまう。

無意識にリーゼロッテが示した媚態《びたい》を嗅ぎ取ったかのように、彼は豊かに盛り上がった乳房を鷲掴んだ。揉みしだかれ、捏《こ》ね回されてかすかな痛みとえもいわれぬ疼きに同時に襲われ、リーゼロッテは大きく喘いだ。

「あ……、エルンスト様……ッ」

彼は獣のように唸り、胸の中心を口に含んだ。舌で嬲《なぶ》られると花びらのようにやわらかかった乳首はたちまち薔薇色の刺となって立ち上がった。ぢゅっと吸われて歯が軽く当たり、ぴりぴりするような刺激が腰骨に走る。

「やぁ……っ」

リーゼロッテは濡れた瞳を瞠って力なくかぶりを振った。

「そんなところ吸うなんて……だめ……っ」

「今まで我慢してたんだ。好きにさせろ」

余裕のない物言いに顔を赤らめる。

「我慢……してたの……?」

「あたりまえだろ。十年ぶりに会ったらますます綺麗になって、すっかり女らしくなってて……。なのに無邪気な皇女様は自分がどれだけ煽《あお》ってるか気付きもしない」

「煽ってなんか、いな……っん」

唇を塞がれて目を瞠る。乳房を揉みしだきながら舌をきつく絡められ、口腔内をあますところなく舐め回されてクラクラしてくる。

リーゼロッテはエルンストの熱情にすっかり圧倒されてしまった。

がっしりとした彼の手が腿の内側を執拗に撫でさすり、そのたびに下腹部がぞくぞくと戦慄《わなな》く刺激が沸き起こる。リーゼロッテは喘《あえ》ぎながら身をくねらせた。

「あ……ン、や……、エルンスト様……、それ、いや……、何か変なの……」

「感じてるのか、リーゼ……」

「んん……ッ、違……」

「違うものか。確かめればわかる」

低く笑った彼の指が、茂みを掻き分けて秘裂に滑り込んでくる。ぬめる感触にぞくんとリーゼロッテは震えた。

ちゅくちゅくと指を前後させながら、どこかうっとりとした声音で彼は囁いた。

「ほら……、わかるだろう？　こんなに濡れてる。感じてる証拠だ」

「んッ……！」

充血してふくらんだ花芽に指先が触れ、リーゼロッテはびくりと身をすくめた。そそのかすように軽く弾かれ、大きく身体がしなる。

「やっ……。だめ、そこ……っ、いや……！」

「いや、じゃなくて、イイんだろ」

　含み笑われ、カァッと赤くなる。

「ち、違うわ……」

「素直じゃないな、姫君。きみの素敵な王子様を、まだ嘘つき呼ばわりするつもりか？」

「意地悪。嫌い……ッ」

「嘘つきはきみのほうだな」

　エルンストはリーゼロッテに覆いかぶさると、濡れそぼった秘裂をかき回しながら器用に花芽を摘んで扱《しご》いた。途端に脳髄を貫くような快感に襲われて、リーゼロッテは激しくかぶりを振った。

「ひっ……く、はぁっ……！　やぁあ、だめ、ほん、とにッ……、あ、ん……、ンンッ」

　きゅうと下腹部が引き攣れる。リーゼロッテは無意識に脚をぴんと伸ばし、エルンストに取りすがって顎を反らした。柔襞《やわひだ》がうねり、ひくひくと痙攣する。

　忘我《ぼうが》の境地に息をすることも忘れ、リーゼロッテは小刻みに身体を震わせた。

　脱力して切れ切れの吐息を洩らす裸身を抱きしめ、満足そうにエルンストは囁いた。

「達《い》ったな……。いい子だ、リーゼロッテ。可愛かったよ」

「……今の、何？」

「悦《よろこ》びを極《きわ》めたんだ。気持ちよかっただろう？」

リーゼロッテは顔を赤らめ、おずおずと頷いた。エルンストは微笑み、ついばむようなキスを繰り返した。

「リーゼロッテ……、好きだ。ずっときみを想っていた。再会したらますます好きになった。目を疑うほど綺麗なくせに、年頃になっても相変わらずじゃじゃ馬で、ひたむきで、まっすぐな瞳をしていて……。言いたいことはズケズケ言うし、何事にも一生懸命で」

「それ……、褒められてるんだか貶《けな》されてるんだかわからないわ」

「そういうところが全部好きなんだ」

きっぱりと言い切られて、リーゼロッテは赤面した。

「……エルンスト様は、ちょっと変わった趣味……よね」

「俺の趣味にどんぴしゃりなきみが悪い」

「何それ!?　もうっ、わたしの王子様は奇怪《おか》しな人ね。……でも、大好きよ」

いつだって彼はリーゼロッテの言葉に真摯に耳を傾けてくれた。たとえ自分の意に沿わなくてもリーゼロッテの気持ちを汲《く》み、意思を尊重してくれた。一見傲岸な態度を取っていても気遣ってくれていた。

胸に残る傷跡に、そっと唇を押し当てる。

「痛くない？」

「平気だよ」

エルンストは微笑み、うっとりするほど甘いくちづけを贈った。

彼は優しくリーゼロッテの肩を撫で、改まった顔で告げた。

「リーゼロッテ。もし、これ以上を望まないなら……、はっきりと今そう言ってくれ。今ならまだ、きみの美しい裸身を眺めて、気持ちよくさせてあげるだけで済ませられる。だが、これ以上は自制できるか、正直自信がない」

リーゼロッテは顔を赤らめた。彼が何を言いたいのかは、経験のないリーゼロッテでも察せられた。房事《ぼうじ》のことくらい嫁入り前にちゃんと習ってきたのだ。

「……いいわ。あなたがしたいようにして」

「本当にわかってるのか？」

「わかってるわ。わたしと結婚したいと言ったのはあなたでしょう？　それは……、順番としては前後しちゃってるけど……。でも、わたしもあなたが……欲しいの」

上目遣いにおずおず囁くと、エルンストは苦笑して軽くリーゼロッテを睨んだ。

「そうやって迂闊《うかつ》に男を煽るとどうなるか、教えてやらなきゃいけないな」

「煽ってないってば！　――でも、どうなるのか……知りたいわ」

「まったく……、無邪気な顔した小悪魔め」

エルンストはわざとらしくしかめっ面《つら》で嘆息すると、リーゼロッテの腰を抱え上げて脚をぐいと押し開いた。

「ひゃっ……、何っ！？」

「したいようにしていいと言っただろ」

「い、言ったけど……」

頬を染めているうちに彼の指が蕩《とろ》けた蜜溜まりにトプリと沈んだ。初心《うぶ》な隘路《あいろ》を前後され、衝撃に頭をもたげると彼の指が茂みの奥を穿《うが》っているのが真正面に見えた。

彼の指の動きを如実《にょじつ》に胎内《たいない》で感じ、この目で見ていても実感がわかない。クラクラと眩暈がして、それでも目を逸らせなくて恐々とその淫靡《いんび》な光景に見入ってしまう。

エルンストはニヤリとして、無意識に腰を揺らし始めたリーゼロッテに甘く囁いた。

「気持ちいいか？」

「ん……、よく……わかんない……、けど」

はぁっと熱い吐息が洩れる。

「……おなかが……きゅうきゅうするの……」

「イイところを探してやろう」

ぐるりと指を回され、リーゼロッテは「ひぁっ」とかすれた嬌声《きょうせい》を上げた。指先を鉤状《かぎじょう》に曲げ、繊細な肉襞を探るように慎重に撫でさすられる。

ビリッと来る刺激にリーゼロッテは肩をすくめた。

「あっ……」

「……ここか?」

「やっ、だめ！　そこ何か……へん……、っあ！　あ、ンンッ」

ビクビクと止めようもなく身体が跳ねてしまう。リーゼロッテは睫毛の先に涙を溜めてかぶりを振った。

「やめ、て、エルンスト様……っ、そこはだめ。へんになっちゃう……っ」

「イイんだろう?　達っていいんだぞ。遠慮はいらない」

「だ、だって……恥ずかしい……」

「愛し合ってるんだ。恥ずかしいことなどないさ」

熱のこもった囁きに、ずくりと腹底が疼く。涙の溜まった目を瞬くと、彼の下腹部がふくらんでバスローブを押し上げているのが見えた。合わせ目からかすかに覗く翳りに、口腔《こうこう》が干上《ひあ》がるような昂奮を覚えてしまい、リーゼロッテは唇を噛んだ。

自らを戒《いまし》めるようにぎゅっとリネンを掴む。エルンストが低く官能的な笑い声を洩らした。その響きにさえ媚肉があさましく疼いて、彼の指を締めつけるようにきゅうきゅう蠢《うごめ》いてしまう。

挿入した指を前後させながら親指で押しつぶすようにぐりぐりと花芽を刺激され、あっけなくリーゼロッテは快楽に屈した。二度目の絶頂は最初のときよりも深く、長く続いた。

くたりと放心していると、エルンストはもうかなりはだけていたバスローブをすっかり脱ぎ捨てた。あらわになった逞しい裸身にリーゼロッテはうっとりと見惚れた。

だが下腹部に視線を落とすと、生々しい欲望の印を直視できなくて慌てて目を逸らしてしまう。エルンストは低く笑った。

「ケガで寝込んでるときに見たんだろ？　俺の身体を拭いてくれたって」

「み、見てません！」

「怒らないから正直に言え」

からかい混じりの甘い囁きに、リーゼロッテは赤くなって目を泳がせた。

「……ちらっと見ただけよ」

「ちらっとねぇ」

「本当にちらっと見ただけ！　あとは手探りで……っ」

「手探りか。ふむ、それもエロくていいな」

「ば、馬鹿っ」

笑ったエルンストに怒張《どちょう》した淫茎《いんけい》を擦りつけられ、びくりと顎を反らす。

「ふっ、……く」

ぬるみきった溝《みぞ》に沿って熱杭《ねつくい》を前後されると、待ちかねたように濡れ襞が蠢いて棹《さお》をくるむように絡みつく。喘ぎながらリーゼロッテは腰を揺らした。快感で頭がぼうっとして、はしたないとか恥ずかしいとか考える余裕など吹っ飛んでしまう。

「リーゼロッテ……。挿《い》れるぞ……？」

コクリと小さく頷くと、彼は一旦身を引いた。蜜口に固い先端が押しつけられ、ぞくんと身を震わせた瞬間。欲望の楔《くさび》が一息に打ち込まれる。

「ひっ……あぁあ！」

ぷつりと何かが弾け飛んだような感覚。灼《や》けるような剛直が隘路をいっぱいに塞ぎ、鋭い痛みで涙が噴きこぼれた。リーゼロッテは反射的にエルンストの逞しい背にしがみつき、爪をたてた。彼はなだめるようにリーゼロッテの頬を撫で、濡れた眦《まなじり》にくちづけた。

「すまない、痛かったか？」

声にならず、コクコクと幼児のように頷くと彼は優しく唇を重ね、震える背中を幾度も撫でさすった。

「痛いのは最初だけだ。次からは悦《よ》くなる」

「本当に……？」

「次に愛し合えばわかるさ。……次、あるよな？」

眉を寄せるエルンストに、リーゼロッテは涙目でくすりと笑った。

「どうかしら……。意地悪したら、ないかもね」

「これでも精一杯優しくしてるってのに」

ひとしきり唇を貪《むさぼ》りあって、互いに熱い溜息を洩らして凝視めあった。

「……少し動くぞ？」

おずおずと頷くと、彼はゆっくりと腰を揺らし始めた。固く締まった肉棹が柔襞を掻き分けて前後する感覚が何とも言えない。リズミカルに抽挿を繰り返されるうちにこわばっていた身体から力が抜け、リーゼロッテは今までにない心地よさを覚え始めた。

ゆるやかに腰を打ちつけながら、エルンストが気づかわしげに囁く。

「痛むか？」

「大丈夫よ……」

本当はまだちょっと痛かったが、無理して微笑んだ。行為を中断してほしくない。もう難しいだろうし、リーゼロッテもそれを望みはしなかった。

エルンストは察したように優しくリーゼロッテの唇にキスして、慎重に腰を使った。

受け入れてみると、彼の雄根は見た目よりもずっと大きく太いものに感じられた。初めて拓《ひら》かれた隘路はその質感にとまどって、ぎちぎちに軋んでいる。

興《きょう》を殺《そ》ぎたくなくて唇を噛んでいると、そっと彼の手が頬に触れた。エルンストが苦笑して覗き込んでくる。

「無理するな。痛いならそう言ってくれ。やめられないが、なるべく加減するから」

リーゼロッテはふるりと首を振った。

「我慢できるわ。だからやめないで……」

「やめられないって言っただろう？」

重なった唇から想いが流れ込んでくる。

「エルンスト様……、好き……」

「俺も好きだよ、リーゼロッテ。愛してる……」

「もっと動いて……いいわ……。大丈夫だから……」

「俺の姫君。きみのすべてが欲しい」

「いいわ、全部あげるわ……」

掻き抱きながら熱く囁くと、エルンストは猛る欲望を限界まで引き出し、ぐちゅりと奥処を穿《うが》った。目の前にちかちかと星が飛び、痺れるような甘美な痛みにリーゼロッテは艶《つや》やかな嬌声を上げた。

「はぁっ、あぁ……、んッ……、エルンスト様ぁ……、もっと……」

「くっ……、煽るなよ。加減できなくなるって」

「しなくていいの……、ちゃんと、愛してほしいの……」

泣き声で訴えると、エルンストは犬歯を剥きだして低く唸った。

「ったく、本当に人の言うこと聞いてねぇな」

荒っぽい口調で呟くと、彼はしばらく放っておかれた花芽をぐりっと摘んだ。

「ひぅ！」

電撃のように快楽が走り抜け、抽挿の痛みがぼやける。彼はリーゼロッテの腰を抱え直し、前のめりになってずくずくと蜜襞を穿ち始めた。先端が弱い場所を擦りたて、同時に過敏になった花芽を弄り回されて、リーゼロッテは淫らに腰を振りたくった。

「あぁっ！　やぁン、一緒にしないでぇっ、あッ、あッ」

「俺だけ達ってもつまらん。付き合ってくれよ、愛しい姫君」

「ぅ……ふぅう……、あっ。あン、んぅっ」

がくがくと腰が揺れる。きゅうぅとまた下腹部が性懲《しょうこ》りもなく疼き始めた。

「はぁあっ。あぁ……、また、いッ……ちゃ……ぅ」

「一緒に達こうぜ」

官能にかすれた声で囁くエルンストにしがみつき、リーゼロッテはこくこく頷いた。

「あっ、あ……、あン……。ぅふぅ……、エルンスト様ぁ……！」

「くッ……」

彼が呻き、ぐっと腰を押しつける。胎内に熱い飛沫を浴びせられると同時にリーゼロッテは達していた。蜜襞が蠢き、さらなる吐精を促すように絡みつく。彼はリーゼロッテの膝裏を掴んで激しく腰を打ちつけ、そのたびに滾る熱情をどくどくと注ぎ込んだ。

満足しておとなしくなった淫刀《いんとう》が引きずり出され、リーゼロッテは恍惚《こうこつ》とした表情で放心した。未だ官能の余韻に疼く蜜口は不規則にヒクヒクと痙攣し、含みきれなかった白濁《はくだく》

が破瓜《はか》の証《あかし》で桃色に染まってゆうるりとこぼれ落ちてゆく。

「リーゼ……」

傍らに横たわった彼が、後ろから抱きかかえて甘く名を呼んだ。汗の浮いた乳房や腹を愛しげにゆっくりと撫でられ、リーゼロッテはゆるゆると吐息を洩らした。

「素晴らしかったよ……」

喜びと満足感に包まれてリーゼロッテは微笑んだ。彼に愛されたことも、彼を満足させられたことも、嬉しくてたまらない。

(夢みたい……)

ヴェランがエルンスト様で……、わたしを愛してくれたなんて……。

夢ならば、どうか醒《さ》めないで。

切なく願いながら、疲れ切ったリーゼロッテは深い眠りに引き込まれていった。


「……何ですか、その締まりのない顔は」

女侯爵の厳しい言葉に、リーゼロッテは赤くなった顔を伏せた。

ところがヴィオレットの叱責《しっせき》を受けている当の本人、ヴェラン改めエルンスト王子は馬耳東風《ばじとうふう》とばかりに聞き流し、赤面するリーゼロッテを平然と膝に載せている。

「あああのエルンスト様っ。お、降ろしてください。恥ずかしいです」

「却下。逃げようとした罰だ」

「逃げてません！　自分の部屋に戻ろうとしただけよッ」

初めての情交に疲れ切って熟睡していたリーゼロッテは朝うっかり寝過ごしてしまい、慌てて自室に戻ろうとしたところをエルンストに捕まってふたたびベッドに引きずり込まれた。なおも逃がれようと往生際《おうじょうぎわ》悪く絡みあっているところを、起こしに来た侍従にバッチリ目撃されてしまったのだ。よくできた侍従は顔色ひとつ変えなかったが、恥ずかしいことに変わりはない。

シーツには純潔を散らされた跡がくっきり残っていたから、メイドにもバレてしまう。行為自体を悔やむ気持ちはなかったが、結婚前に関係を持つことがけっして褒められたことでないのは重々承知している。

国民の模範たるべく躾《しつ》けられてきた皇女としては、やはり後ろめたい。

真っ赤な顔で眉を吊り上げているリーゼロッテの姿に、ヴィオレットはピクリと頬を引き攣らせ、深々と溜息をついた。

「……ようやく自分の正体を告げたらしいわね。――まったく、いつまでもうじうじと悩んでいるから、いいかげん背中を蹴飛ばしてやろうかと思いましたよ」

これでやっと孫を名前で呼べるわ、と嘆息するヴィオレットと、しれっとした顔のエルンストを、リーゼロッテは呆気にとられて交互に眺めた。

「悩むって……？」

「幻滅されたらどうしようかと、怖くて言えなかったんですよ。まったく、大きな図体をして初恋の姫君にはてんで意気地《いくじ》がないんだから」

初恋と聞いてリーゼロッテの胸はきゅんと疼いた。さすがにばつの悪そうな顔のエルンストをもじもじしながら見上げる。

「幻滅なんて……。昔のエルンスト様も今のあなたも両方好きなのに……」

「リーゼロッテ、きみは変わらないな……」

感動して凝視めあっていると、ヴィオレットが思いっきりわざとらしく咳払いをした。

「そういうことはふたりきりのときにゆっくりおやりなさい。不埒《ふらち》な真似ができるくらい体力も回復したようだし、今後のことを話し合っておかないとね。——エルンスト、いいかげんに皇女様を膝から降ろしなさい。猫じゃあるまいし、失礼ですよ」

腕の力がゆるむなり慌てて男の膝から降りたが手を掴まれてしまい、すぐ隣に強制的に座らせられる。ヴィオレットは諦めたのか、眉間に皺《しわ》を寄せて嘆かわしげに首を振った。

「我が孫ながら恐ろしいほどの執着っぷりね……。皇女殿下が嫁いでいらっしゃらなかったら、この子は一生名乗り出なかったに違いないわ」

「——そうだわ、エルンスト様。どうして十年も行方《ゆくえ》をくらましていたの？　ヴィオレット様もご存じなかったのよね」

エルンストは表情を改めて頷いた。

「お祖母様にはすでに話したが、実は溺れかけたせいか長いこと記憶を失っていたんだ」

「記憶を……？」

驚いてリーゼロッテはエルンストを凝視めた。

「俺の乗った船は帰国途中に嵐に遇った。俺は船員を手伝おうと甲板に出て、波に攫われてしまった——ということになっている」

ちら、と視線を向けられ、ヴィオレットが重々しく頷く。

「それは間違いじゃない。だが、海に落ちたのは波に攫われたせいではなく……、船員のひとりに突き落とされたんだ」

「そんなっ……」

「俺は必死に甲板《かんぱん》にしがみつきながら、誰の差し金かと問い詰めた。だが、刺客《しかく》が口にしたのは『お前が邪魔な、さる御方』の指示だということだけだった。奴は俺の手にナイフを突き立て——、俺は海に落ちた」

リーゼロッテは反射的に手を伸ばし、エルンストの左手を取った。手の甲の傷はそのときのものだったのだ。

それだけではない。彼の身体には無数の傷跡が刻まれている。刃物によるものとは思えないいびつな傷も多い。彼がくぐり抜けてきた試練を思っただけで熱い涙が込み上げた。

無骨な手を頬に押し当てるとエルンストは表情をやわらげ、もう一方の手でリーゼロッテの頬を優しく撫でた。

「……レヴァンジールの海岸に打ち上げられたのは途方もない幸運だった。助かったのはまさに奇跡だ。だが、命と引き換えのように俺は記憶をなくしていた……。そんな俺をたまたま見つけて手当てしてくれたのが旅の決闘士だったんだ。彼は俺をヴェランと名付け、俺を連れて国中を転々とした。決闘の代行をあちこちで請け負いながら」

「……その人は今どうしてるの？」

「死んだよ。最後の決闘で、勝ちはしたもののひどい傷を負ってな。それからは俺が仕事を引き継いだ。……この剣は彼の遺したものだ」

ヴェランは剣帯に吊るした剣を軽く叩いた。片手でも両手でも使えるバスタード・ソード。細身のレイピアやエペに較べてずっと刀身の幅が広く、重量もある長剣だ。

「彼は最期に言った。『運命からは逃げられない。逃げても無駄だ、立ち向かえ』。……当時の俺にはその意味がわからなかった。もしかしたら彼は俺が誰だか気付いていたのかもしれない。昔話を聞いたことは一度もないが、彼は昔は正規の騎士だったんじゃないかと思うんだ」

「もし彼がかつて近衛騎士だったなら、王太子の顔を知っていても不思議はありませんね。

あるいは成長するにつれて気付いたのかもしれません。国王に似ていると」

祖母の言葉にエルンストは顔をしかめた。

「やだな、それ……」

「仕方ないでしょう、似るか似ないかなど自分では選べません」

「それで、その後はどうしたの？　記憶はいつ戻ったの？」

「完全に戻ったのは二年くらい前かな。断片的な記憶はおぼろげに思い出してたが」

「どうしてすぐに名乗り出なかったの!?」

憤然と眉を吊り上げると、エルンストは苦い笑みを浮かべた。

「記憶を取り戻したときにはもう俺が『死んで』から八年も経ってたんだ。俺はすでにプロの決闘士として生き始めていた。俺がいなくても国政は滞《とどこお》りなく動いている。母親はともかく兄上は出来た方だ。きっといい国王になるだろう。今更俺が名乗り出たら、かえって混乱を招くんじゃないかと……」

「一生、決闘士として生きるつもりだったの……？」

「それが俺の運命なら、仕方ないと思ったんだ」

運命。

ドクンと鼓動が跳ねる。

運命は自分で掴み取るもの――。彼の言葉に含まれた重みが、今ならわかる。

「だが……、未練はあったんだろうな。旅をやめて王都で暮らし始めた。やっぱり父上や兄上のことが気がかりだったし、近くに居たかった。もし何かあれば力になれるかもしれない。名乗り出たら喜んでくれるんじゃないか……、そう思うこともあった」

「あ、あたりまえでしょ……！」

リーゼロッテは目に涙を溜めてエルンストを睨んだ。

「わたしは？　わたしのことは考えなかったの？　わたしと結婚するのが待ち遠しいって、そう言ってくれたのに……！」

「もちろん逢いたかったさ。一目きみの姿を見るためにローゼンクロイツへ行こうかとも思った。だが、きみはもう何処《どこ》かに嫁いでいるかもしれないし、他の縁談が決まっているかもしれない。いや、その可能性のほうがずっと高い。そう思うと怖くて行けなかった」

「何よ、臆病者……っ」

「怖かったんだ。もうすっかり忘れられてるんじゃないかと」

「忘れるわけないでしょう!?　馬鹿ねっ」

エルンストは苦笑してリーゼロッテを抱きしめた。

「再会して思い知ったよ。絶対誰にも渡せない……。きみは俺が贈った指輪を大事に持っていてくれた。あれには感激したな」

「その割にずいぶんぶっきらぼうだったわ」

「偽王子に正体を知られたくなくて必死で自制してたんだ」

「ヴェランがエルンスト王子だったなんて、偽王子が知ったら仰天《ぎょうてん》するでしょうね」

「それはどうかしらね」

冷静なヴィオレットの声に、リーゼロッテは涙に濡れた瞳を瞬いた。

「……どういうことですか？」

「エルンスト。偽王子はあなたの正体を最初から知っていたのではないの？」

「どうかな。それらしいことをほのめかされたことはないけど……。ただ俺はカネになる仕事があると誘われただけなんだ。雇い主が俺の偽者だったのには驚いたが。何を企んでいるのか探りたかったし、リーゼロッテが兄上の妃として嫁いでくると聞いて、奴らの仲間になることにしたんだ」

ふとリーゼロッテは眉根を寄せた。

「ねぇ、エルンスト様。偽王子は自分が偽者だって認めたの？」

「あくまで本人として振る舞ってたよ。王妃の陰謀《いんぼう》について滔々《とうとう》と一席ぶってた」

「でもあの人、わたしが偽者だって指摘したときずいぶん平然としてたわ。側にヴェランがいたのに、まるで気にしてなかった。それってつまり、ヴェランに偽者だってバレてることを承知してたってことじゃない？」

エルンストは真顔になって考え込んだ。

「そうか。俺は奴が偽者だとわかってたから、きみの指摘で驚かなかったが……」

「全然驚かないなんてかえって怪しいって、普通思うんじゃないかしら」

「あなたを騙《かた》る偽王子の正体はわかっているのですか？」

「いや、それを探り出す前に彼女を連れて逃げたので……。ただ、軍人であることは間違いない。正規の近衛兵団を動かしていたから、それなりの地位にある人物でしょう」

「あれ、やっぱり本物の近衛兵だったのね」

「こちらから送り込んだ使者は、偽王子と接触できたんでしょうか」

「知らせはまだ届いていません。ちょっと時間がかかりすぎている気もしますね」

ヴィオレットが険しい顔になる。

（ニーナは無事なのかしら……？）

残してきた侍女が気がかりでリーゼロッテは眉を垂れた。同時に居間の扉がせわしなく叩かれ、ただならぬ気配を察して全員が顔を上げる。引き攣《つ》った顔で侍従が現れた。

「大奥様。ラルソン司令が軍を率《ひき》い、皇女殿下の引き渡しを要求しております！」

「何ですって⁉　――ふっ、どうやらネズミの駆除が甘かったようね」

女侯爵は眦を吊り上げ、凄味《すごみ》のある笑みを浮かべた。

「ご心配なく、皇女殿下。すぐに追い返しますゆえ。――我が軍の仕儀《しぎ》は」

「すでに配置済でございます。――ですがその……、敵軍は王旗を掲げておりまして」

女侯爵の眉が跳ね上がった。

「王旗ですって？　ラルソンは王の使者を名乗っていると!?」

「国王陛下の書状を携えているとの由《よし》。今すぐ皇女殿下を引き渡さねば逆賊《ぎゃくぞく》と見做すと息巻いております」

「ドブネズミめが」

ヴィオレットの顔が嫌悪にゆがんだ。彼女はドレスの裾を毅然と翻《ひるがえ》した。

「業腹《ごうはら》ですが、国王陛下の御使者を待たせるわけにはいきませんね」

彼女は城の前庭を見下ろすバルコニーに立った。城門は既に下ろされ、前庭にいるのは司令官と護衛の騎士の一団のみ。城門の外の軍勢は長い列をなし、深い渓谷《けいこく》に架けられた石橋まで続いている。領主の紋章と王家の紋章の旗がそこここにたなびいていた。司令官を警護する騎士たちもまた誇らしげに王旗と軍旗を掲げている。

ひとり進み出たヴィオレットは、小馬鹿にしたように眉を吊り上げた。

「ずいぶんと物々《ものもの》しい訪問ですね、ラルソン司令」

「これは前前侯爵夫人。お久しぶりでございます」

司令官も負けじと厭味《いやみ》で応酬《おうしゅう》する。現在ヴィオレットは一時預かりとはいえ侯爵の地位にある。それをわざわざ『前前侯爵夫人』と呼ぶあたり、並々ならぬ敵意が感じられた。

「なんて無礼な人なのかしら！　――あら？　何だか見たことのある顔だわ」

向こうからは見えないように奥に引っ込みながら窺っていたリーゼロッテが眉をひそめると、傍らのエルンストが低声で呟いた。

「旅籠の外で待ち伏せしていた連中だ」

「エルンスト様を撃った奴らね。王太子を銃撃するなんて、そっちこそ逆賊じゃないの」

「知ってて撃ったわけじゃあるまい。それに今の俺は王太子じゃない」

「関係ないわよ、そんなの！」

侍従が声をひそめてエルンストに囁いた。

「奴らは殿下のことを誘拐犯の一味と思っております。くれぐれも見られませんように」

「ああ、わかってる」

前庭ではラルソンが巻かれた書状を誇らしげに突き出していた。

「国王陛下直々のお言葉である。謹《つつし》んで拝聴《はいちょう》せよ」

しぶしぶとヴィオレットが膝を折る。

「『ローゼンクロイツ皇女エリザベート＝シャルロッテ姫に対するメルヴェール侯爵夫人の心からのもてなしに感謝する。姫君を迎える準備が整ったゆえ、速《すみ》やかに引き渡し願いたい。なお、姫君を無理にお引き留めすることはご遠慮いただこう』――以上だ」

「本当に国王様のお言葉かしら」

こそっと呟くと、ヴェランは眉間に皺《しわ》を寄せた。

「父上は病《やまい》に伏しておられる。事態を知らされているのかどうかも怪しいもんだ」

バルコニーのヴィオレットは姿勢を正し、嘲《あざけ》りの微笑を浮かべた。

「はて、何のことやら。こちらにさような姫君はご滞在《たいざい》ではありませんが」

「しらばくれるな！　姫君を誘拐した不届き者を匿《かくま》っていることはわかっておるのだぞ。これまでの忠義に報《むく》い、穏便に済ませてやろうという陛下のお心遣いを無にする気か。こちらには正式な捜索令状もあるのだ。姫君の引き渡しに応じない場合、この城は王立軍の管理下に置かれ、侯爵位は凍結される」

司令官は意味深にニヤリとした。

「ま、俺としてはそれでもかまわんがね」

「……何やら含みのある言い方だな」

エルンストが顎を撫でて呟くと、侍従が頷いた。

「ラルソン司令官は侯爵家の血縁なのです。お嬢様がいらっしゃらなければメルヴェール侯爵の爵位はあの方のものになったのですよ」

「なるほど。我が従姉妹どのがいるにせよ、本来なら後見役はあいつに回ってきたはずというわけだ」

「さようでございます。しかしながらあの方は以前から素行《そこう》に問題があり、懸念を抱いた大奥様が国王陛下に願い出て特例として爵位の一時預かりを許されたのです」

「ふん。だったらますます名乗り出ないわけにはいかないな。侯爵位の継承権ならあいつより俺のほうが上だ。従姉妹の成人前にお祖母様に何かあっても俺が後見人になれる」

「待って、エルンスト様。名乗り出るにはまだ早いわ。今出て行ったらアニエス王妃に捕まってしまう。国王陛下の書状を持って来たけど司令官は王妃側の人なんじゃない？」

「腰巾着《こしぎんちゃく》です」

侍従が真顔で断言する。

「だったら今は絶対に出て行ってはだめよ。捕まって闇へ葬《ほうむ》られてしまう。――わたし、王宮へ行きます」

「だめだ！」

眉を逆立《さかだ》て、エルンストはぐっとリーゼロッテの腕を掴んだ。侍従も真剣な顔で頷く。

「我がメルヴェール侯爵軍を持ってすれば彼奴《きゃっ》らを蹴散らすことなど造作《ぞうさ》もありません」

「そんなことしたら逆賊扱いされてしまうわ。今はわたしが自ら出て行くのが一番よ。下手に抵抗すれば爵位を狙うあの司令官の思うつぼ」

リーゼロッテはエルンストの手を振り切り、小走りにバルコニーに進み出た。

気付いたヴィオレットが驚愕に目を見開く。

「ひ、姫様!?　いけませんっ」

リーゼロッテは無言で首を振り、バルコニーの端に立った。

にんまりとほくそ笑んだ司令官や護衛の騎士たちが、うやうやしく頭《こうべ》を垂れる。

「――お迎えご苦労さまです。何やら誤解があるようですので最初に言っておきます。わたくしがローゼンクロイツ皇女、エリザベート＝シャルロッテです。わたくしは誘拐などされておりません。わたくしがこちらへ伺ったのは自らの意思。懐かしい方の思い出話をしたくて、こっそりとヴィオレット様をお訪ねしたのです。無理を言って滞在させていただいたのですから侯爵家には何の罪もありません。咎《とが》めなきよう望みます」

「我々は姫君をお迎えに参っただけ。ご同道いただければそれで結構でございます」

「それを聞いて安心しました。――では支度して参りますのでしばしお待ちを」

「必要な物はこちらで用意します。姫君におかれましてはすぐにご出発いただきたい」

「……わかりました」

頷いてリーゼロッテはヴィオレットに向き直った。

「お世話になりました、侯爵様。このご恩《おん》は忘れません」

膝を折って優雅に礼をすると、ヴィオレットは唇を噛み、黙って返礼した。

城内に戻るなり、エルンストが形相《ぎょうそう》を変えて二の腕を掴んでくる。

「行ってはだめだ！　行くなっ」

「そんな怖い顔しないで。王妃様がどんな恐ろしい方だとしても、わたしを殺そうとしてるわけじゃないわ。王妃にとってわたしは切り札。きっと大切にしてくれるはずよ」

エルンストは憤怒《ふんぬ》もあらわに歯ぎしりした。

「ああ、そうだな。兄上との結婚式が済むまで丁重に監禁されることだろうよ」

「逃げようとしなければ警戒されることはないと思うの。わたし、王宮でも今の説明を押し通すつもりよ。王妃様は誘拐犯の正体を知らないのだから、どうにでも誤魔化せる。わたしのわがままが大事になっただけだと思わせればいいのよ」

「しかし……」

「わたしも真相が知りたいの。エルンスト様が宮廷に戻るには王妃の企みを暴かなければ。わたし、何としても証拠を掴んでみせる。今のままでは戻ったところで事故扱い。王妃が関わっていたことを立証しなければ、きっとまた同じことが繰り返される」

エルンストは悔しげに口の端を曲げた。

「せめてあの刺客に、王妃の差し金だと言わせられていればな……」

「聞いたのがエルンスト様ひとりでは、どっちにしろ無理があると思うわ」

リーゼロッテはそっとエルンストの頬を撫でた。

「……迎えに来てね、わたしの王子様」

「ああ、すぐに行く」

軋むような声音で囁き、エルンストは琥珀色の瞳を揺らがせた。

「やっと会えたのに……、離したくない」

「駄々っ子みたいなこと言わないの。すぐに来てくれるんでしょ？　待ってるから」

固く抱き合ってくちづけを交わす恋人たちの姿に、居合わせた人々が目頭《めがしら》を押さえる。

リーゼロッテは愛情を込めて微笑んだ。

「それじゃ行くわね。……だめよ、エルンスト様。姿を見られてはいけないわ」

「わたくしがお送りします」

女侯爵が毅然《きぜん》とした顔で歩み寄る。リーゼロッテは後ろ髪を引かれる思いで歩きだした。

ギリギリと歯噛みしながら見送っていたエルンストは、開かれた扉から射す光の向こうにリーゼロッテが消えるや否や、ぐっと剣柄を握りしめた。

やっぱりひとりでなんか、行かせられない――！

大股に歩きだそうとしたエルンストの肘を、後ろから何者かがぐいと掴む。

振り払おうとしたエルンストは、面食《めんく》らって唖然と目を見開いた。

「邪魔するなっ……、!?」

「おまえ……っ」

「よっ」

軽薄そうに二本指を額に翳して笑う、その男。

「――なんでおまえがここにいる……!?」

それはリーゼロッテ誘拐の張本人、正体不明の偽王子だった。

第五章　花嫁は運命を選ぶ

「――それにしても、ご無事で何よりですわ。本当によかったこと」

ゆったりとした王妃の声に、リーゼロッテは微笑んでティーカップを傾けた。

ワインレッドの繻子《しゅす》張りの優雅な猫脚椅子に腰掛けたリーゼロッテの向かいには、楕円形のテーブルを挟んでアニエス王妃とリシャール王太子が座っている。

「ご心配をおかけして申し訳ありませんでした」

「前もって言っていただければ、お取り計らいいたしましたのに」

「何だか気まずくて……」

「遠慮なさることなどありませんわ。姫君のお気持ちはよくわかりましてよ」

アニエス王妃は濃い紅を引いた唇を艶然《えんぜん》と吊り上げ、したり顔で頷いた。

ここはレヴァンジールの王都ラルシュにある王宮の一角。メルヴェール侯爵の城を出たリーゼロッテは厳重な警護のなか馬車に乗せられ、一路王宮へ運ばれた。

到着したのは昨日の夕方だ。強行軍で疲れていたので迎えに出た王妃や王太子と軽く挨

拶を交わすに留め、早めに休ませてもらった。そして今日の午後、改めて顔合わせという
ことで王妃のお茶に招かれたのだ。
「軽率な行動でしたわ。お詫《わ》びいたします」
殊勝《しゆしよう》に目を伏せると、王妃は鷹揚《おうよう》な笑みを浮かべて軽くかぶりを振った。
（……確かに美しい方だわ）
さりげなく王妃を観察し、渋々ながらリーゼロッテは納得した。さすが一国の王の心を
捉えただけのことはあって肉感的で妖艶《ようえん》な美女だ。
成人した息子がいるとはとても思えない。念入りに手入れされた白磁《はくじ》の肌はなまめかし
い艶をおび、やや目尻が下がり気味のペールグリーンの瞳は濡れたような輝きを放つ。美
しく結い上げた黒褐色の豊かな髪にはダイヤモンドとエメラルドを散りばめた銀の櫛《くし》が差
し込まれ、王妃が身じろぎするたびに神々《こうごう》しくきらめいた。
加えて全身から醸《かも》しだされる何とも言えないあだっぽさ……。それだけにコケットリー
が少々過剰で上品さを損《そこ》なっているきらいもある。そう、とても『玄人《くろうと》』っぽい。リーゼ
ロッテはそのような女性と接したことはなかったが、皇女だけに常日頃から生まれついて
の貴族の夫人や令嬢たち、それも容姿以上に知性や教養を重視して厳選された女性たちに
囲まれており、雰囲気の違いはたやすく見分けられた。
ヴィオレットから聞いた話では、アニエスの出自《しゆつじ》はかなり怪しげだった。某伯爵家の令

嬢ということになっているものの、養女であることは公然の秘密とか。国王はまだ独身の頃、舞踏会で彼女と出会ってたちまち夢中になってしまった。むろん、王に取り入ろうとした貴族のお膳立《ぜんだ》てである。

実際には彼女はほとんど底辺に近い下層出身で、母親は娼婦、父親は不明とされている。だが、そんな最悪の境遇から生まれ持った美貌と才覚《さいかく》だけで這い上がり、ついには王妃にまで登り詰めたのだ。それはそれで凄いバイタリティーだと感心する。

ともあれ相当の野心家であることは間違いない。アニエス王妃には、どこか優美な肉食獣を思わせる危《あや》うい魅惑が感じられた。

(そういうところが殿方には魅力なのかしらね……)

彼女に較べたらリーゼロッテなどほんの小娘だ。悔しいが、これぱっかりは逆立ちしても対抗できそうにない。もともと自分に色気が大幅欠如《けつじょ》していることはわかっている。何せ涎《よだれ》を垂らして昼寝をして、侍女に呆れられるくらいだ。

(ふん、っだ。わたしだってあと五、六年もすればもっと色っぽくなれるんだからっ)

負け惜しみを内心で呟き、ハタと我に返る。

(いけない、いけない。色気なんかどうでもいいのよ)

想いが通じ合ったばかりのエルンストを振り切って王宮に乗り込んできたのは王妃の悪事を暴くためだ。張り合うためではない。

とはいえ正直すでに気圧《けお》され気味である。こうして当たり障りのない会話を交わしただけでも手強い相手だという印象は強まるばかりだった。アニエスは会話が途切れないようにそつなく気を配り、王妃という宮廷で最も高貴な身分であることを強調することもなくさりげなくリーゼロッテをたててみせる。

彼女のことを『魔女』と偽王子が言っていたのも頷けた。王の寵愛をいいことに傍若無人《ぼうじゃくぶじん》に振る舞うだけの浅はかな女であれば、たやすく尻尾を出すかもしれないが、彼女はそう一筋縄では行かなそうだ。直截《ちょくさい》にエルンスト王子のことを持ち出したりしたら、かえって警戒されるに違いない。

「――あの。陛下のお加減はいかがなのでしょうか」

切り口を変えてみようと、リーゼロッテは病床に伏す国王ロドルフ三世について尋ねてみた。王妃は柳眉《りゅうび》をひそめ、悲しげな表情になった。

「一進一退というところかしら……。以前は中庭を軽く散歩なさることもあったのですが、この頃はほとんどベッドの上でお過ごしです。熱が上ったり下がったり安定しなくて……。そのせいか、意識も朦朧《もうろう》とされていることが多いのですよ」

「そうですか……。それではお目通りは難しいのでしょうね」

リーゼロッテは眉を垂れた。父のラインハルトとロドルフ王は学生時代からの親友だ。様子を知らせてほしいと父から頼まれてもいる。

「折を見てお話ししてみますわ。ご気分のよいときなら短時間の面会は可能でしょう。陛下も姫君にお会いしたいはずですから」

にこりと善良そうにアニエス王妃は微笑んだ。何ら底意を感じさせない完璧な笑顔だった。彼女がエルンストの謀殺《ぼうさつ》を企《たくら》んだと聞かされていなかったら、疑惑すら抱かなかっただろう。

(だめだめ、丸め込まれてどうするの！)

厳しく己を叱咤しつつ、リーゼロッテは澄まし顔でお茶を飲んだ。何だかだんだんイヤになってきた。笑顔で互いの腹を探り合うような社交は、やっぱり性に合わない。

「——姫君。よろしければ少し庭を歩きませんか？　薔薇園がちょうど盛《さか》りなので、ご案内いたしましょう。ローゼンクロイツの王宮薔薇園を参考に造ったのですよ」

それまで控えめな微笑を浮かべるだけだった王太子が、会話の切れ目にさりげなく話しかけてきた。王妃を攻めあぐねていたリーゼロッテはにっこり笑って頷いた。

「まぁ、ありがとうございます。嬉しいわ」

「母上、かまわないでしょうか？」

「もちろんよ。ふたりでゆっくりお話しするといいわ」

礼儀正しく示された腕を取り、リーゼロッテは王子と連れ立って庭へ降りた。

リシャール王子とはまだほとんど喋っていない。美しく刈り込まれた生け垣《がき》に沿って歩きながら、リーゼロッテはそっと王子の横顔を窺い見た。

父親ゆずりの赤褐色の髪はうなじにかかる程度の長さ。青い瞳は知性的で思慮深そうだ。腹違いのせいかエルンストとはあまり似ていない。雰囲気も全然違う。

母親譲りの大変な美青年で、若干女性的な美貌ではあるが、なよなよした印象はまったくない。凛然《りんぜん》と麗《うるわ》しい、まさしく貴公子だ。

エルンストよりは低いものの、すらりとした長身で、均整の取れた体格をしている。漠然と思い描いていた『エルンスト王子の成長した姿』は、ヴェランよりもむしろ彼のほうがずっと近い。何だかやましい気分に襲われてリーゼロッテは顔を赤らめた。

(今のエルンスト様だって格好いいもの……)

がっしりと厚くて広い胸板に抱き込まれたときの、うっとりするような安心感。思い出すと彼に逢いたくてたまらなくなり、リーゼロッテはしょんぼりと眉を垂れた。

「……大丈夫ですか？　何だか元気ありませんね」

リシャール王子の声にハッと我に返る。気がつけば彼が心配そうに顔を覗き込んでいた。

リーゼロッテは急いで作り笑いをした。

「大丈夫ですわ。ちょっとまだ疲れが残ってるみたい」

「しばらくはゆっくり休んでください。何も心配はいりません」

にこりと彼は微笑した。つられるように笑みを浮かべ、内心で自分を叱りつける。

(しっかりしなきゃ。リシャール王子も敵よ)

そう言い聞かせ、リーゼロッテはふと首を傾げた。

(――敵、なのかしら……?)

リシャール王子の思惑は定かではないとヴィオレットが言っていたような気がする。エルンストも異母兄のことを悪くは言わなかった。むしろ褒めていた。兄上なら立派に国を収めるだろう、と。

今を盛りと咲き誇る薔薇園を散策しながら、リーゼロッテは思い切って尋ねてみた。

「あの。リシャール様はエルンスト様のことをどうお思いでしたか」

「好きでしたよ。母親は違っても私たちは仲のよい兄弟でした。もちろん、引き合わされた最初の頃はぎくしゃくしたこともありましたが……。ご存じかと思いますが、私は途中から『王子』になったので」

リーゼロッテはコクリと小さく喉を鳴らした。

「……年下のエルンスト様が王太子になられたことに不満はなかったのですか?」

「いや、むしろ当然だと思いましたね。彼は正式な結婚をした正妃が産んだ子です。私の母は国王の寵《ちょう》を受けた一介の側女《そばめ》に過ぎません」

「ずいぶんはっきり仰《おっしゃ》いますのね」

「事実ですから」

飄々《ひょうひょう》とリシャールは微笑した。

「アンヌ＝マリー妃を娶ってから父の足は遠のき、母は随分やきもきしていましたよ」

「あなたもお寂しかったでしょう」

「父が何くれとなく私を気にかけてくれていることは充分伝わってきましたから。多情な質《たち》ですが、父は無責任な人ではありません」

達観してるわ、とリーゼロッテは呆れ半分に感心した。子供の頃から冷静沈着だったことが窺える発言だ。

リシャールの秀麗《しゅうれい》な顔にはどこか突き放すような冷ややかな笑みが浮かんでいた。

「母は野心家です。幼い頃から母は私に『いつかおまえが王になるのよ』と繰り返してきました。正直それを聞くたびに違和感を覚えたものです。母は父のご機嫌を取るのに忙しくて、あまり私を構いませんでした。大体ひとりで本を読んでいましたね。将来は学問の道に進みたいと思っていたんです。ローゼンクロイツのエーデルシュタイン大学に留学したくて父に頼み込んだのですが、母に猛反対されて叶いませんでした」

「それは残念でしたね……」

「仕方ありません。もう王太子になっていましたし、弟が亡くなってから父はひどく心配性になってしまって。目の届かないところに行かせるのは気が進まなかったようです。エルンストが生きていれば自由に生きられたのに……、と恨めしく思ったこともあります」

リシャールはリーゼロッテに向き直り、謎めいた微笑を浮かべた。

「私からもお聞きしたい。姫君は弟のことをどう思っていましたか？」

「どうって……」

「正直に言ってくださって結構ですよ。あなたは弟との結婚を望んでいたのでしょう？」

今更こんなことを訊くリシャールの意図《いと》はわからないが、適当に誤魔化したところで見透かされそうだし、嘘などつきたくなかった。

「わたし、エルンスト様をお慕《した》いしていました。あの方のもとに嫁ぐ日を楽しみにしていましたわ」

「弟もあなたをとても気に入っていたようですよ。ローゼンクロイツから戻ってきて、こんなふうに言っていました。『王太子の位は兄上に譲ろうと思っていたが、リーゼロッテ姫と結婚したいからやっぱりやめた』、とね」

思わずリーゼロッテは赤面した。

（エルンスト様……。しれっとしてるのは昔からだったのね）

「『王なんて面倒くさいからイヤだ』と公言して周囲を困らせていた弟を豹変《ひょうへん》させたのですからね。いったいどんな魅惑的な姫君なのかと思っていましたが……」

しげしげとリーゼロッテを眺めてリシャールはにっこりとした。

「こうして直《じか》にお会いして、納得しましたよ」

リーゼロッテはますます顔を赤らめたが、次の一言で冷水を浴びせられた気分になった。

「あんなことを言わなければ、悲劇が起こることもなかったでしょうに」

(——っ、どういうこと……⁉)

青ざめるリーゼロッテに、王子は不可解な微笑を向けた。

「心配はいりませんよ、姫君。あなたはこの国で幸せになれる。私が保証します」

ふたたび腕を組んで歩きだしたものの、美しい薔薇もその香りもリーゼロッテは楽しむことができなかった。隣にいる人物が恐ろしくなってくる。感じのいい好青年だと思ったのに、ふいにわからなくなってしまった。

(そうよ……、この人は『魔女』の息子なんだわ)

仲がよかったといっても、本心からのものであったかどうかは当人以外にはわからない。エルンストは彼を兄として慕っていたようだが、リシャールのほうはどうだったのか。

ぞく……、とリーゼロッテはおののいた。巧妙に仕組まれた罠のなかを、知らずに歩いているような心持ちがしてならなかった。

リシャールと別れて自室に戻ったリーゼロッテが悶々《もんもん》としていると、ひとりのうら若い令嬢が数人の侍女を連れて訪れた。

彼女は片足を引いて優雅に宮廷式挨拶をし、にっこりと微笑んだ。

「お初にお目にかかります、エリザベート＝シャルロッテ姫様。わたくしはミレイユ・ド・メルヴェール。リシャール殿下付きの女官を勤めさせていただいております。殿下より姫様のお話し相手となるよう仰《おお》せつかりました。どうぞよろしくお願いいたします」

「あ……、そうなの。よろしくね。わたしのことはリーゼロッテでいいわ」

うやうやしく身を屈める少女に会釈し、ふと眉を寄せる。

「メルヴェール……？」

「はい。祖母にはもうお会いになられたかと」

「！　ヴィオレット様のお孫さんね」

にこり、と少女が頷く。

（それじゃ、この人が次期メルヴェール侯爵……）

年頃は十六、七だろうか。成人扱いとなるのは十八からだから、それ以下であるのは間違いない。眦《まなじり》が上がり気味で、どこか猫を思わせるコケティッシュな美少女だ。金緑色の瞳がますます猫めいた印象を強めている。ハニーブロンドを可愛い縦ロールにしてリボンで飾っている様は、女官というより宮廷に遊びに来た高位貴族の令嬢といった風情《ふぜい》だった。

将来は侯爵位を継ぐ身の上、出仕といっても宮廷でのマナーを会得するためという意味合いが強いのかもしれない。

「姫様のことは祖母から聞いております。あちらのことはどうぞご心配なく」

含みを持たせた言葉に、リーゼロッテはハッと目を見開いた。ミレイユは小さく頷くと、肩ごしに振り向いて控えている侍女たちに命じた。

「姫様とゆっくりお話がしたいから、ふたりきりにしてくれる？　誰も入れないように」

「かしこまりました、お嬢様」

三人の侍女は頷いて即座に退出していった。

不安げなリーゼロッテに、ミレイユはくすりと笑った。

「大丈夫ですわ。あの者たちは古くから我が家に仕える忠実なる騎士たちの娘ですから」

「……彼は無事なの!?」

矢も楯もたまらず小声で口走ると、傍らに腰を降ろしてミレイユは微笑した。

「ご安心ください。万事順調に進んでおりますわ」

「よかった……。でも、どうやって証拠を掴んだらいいのかしら。王妃様は全然隙がないし、リシャール様も何だか怪しいの。何をどう探していいのか……」

勇んで飛び出しては来たものの、冷静になってみれば十年も前の陰謀の証拠としてどんなものが有効なのか見当もつかない。大口を叩いて請け負った自分の浅はかさに今更ながら落ち込んでしまう。

眉を垂れるリーゼロッテの手をそっと握ってミレイユは囁いた。

「焦ることはありません。万事順調だと申し上げたでしょう？　姫様はただ王妃に怪しまれないようにおとなしくしていらっしゃればいいのですわ」

彼女の言葉に微妙な刺《とげ》を感じ、リーゼロッテは首を傾げた。猫めいた美少女の笑みがきつくなる。それは祖母のヴィオレットがラルソン司令官に向けた凄味のある笑顔にとてもよく似ていた。ミレイユはリーゼロッテの手を握ったまま、するりと身を寄せてきた。まるで爪を隠した猫が忍び寄るように……。

「ねぇ、姫様。わたし、姫様と仲良くしたいと思っていますのよ？　これから長ーいお付き合いになることですし」

「え？　ええ、そう、ね……？」

彼女はエルンストの従姉妹《いとこ》だから確かに親戚づきあいはするかもしれないが、ミレイユの言葉は別の意味を含んでいるように聞こえた。

「わたし、実は知っていましたの。エルンストが本当は生きてたってこと」

「え……!?」

愕然とするリーゼロッテに、思わせぶりにミレイユは頷いてみせる。

「わたしにだけは密かに知らせてくれたんです。何といってもわたしは特別だから」

「特別って……？」

「わたし、彼の許嫁《いいなずけ》なの」

秘密めかして、だがきっぱりと告げ、彼女は勝ち誇ったような笑みを浮かべた。

「そっ……、そんなはずないわ！　エルンスト様はわたしの婚約者よ！」

「表向きはね。わたしと彼は、ふたりだけで言い交わした仲だもの」

リーゼロッテは絶句して、切なげに眉を寄せて嘆息するミレイユを凝視した。

「いくら愛し合っていても、彼は王太子。結婚相手を勝手に決めるわけにはいかない。あなたにはよくわかるわよね？　そして決められたのがあなた。由緒正しきローゼンクロイツ皇国の皇女。これ以上の良縁はないわ。――でも、気持ちは別だと思わない？」

カッとなってリーゼロッテは言い返した。

「わたしたちは違わない！　エルンスト様はわたしが好きだって言ったわ」

「それは『好き』でしょうね。あなたは本当に綺麗だし、何より皇女だもの。王の配偶者としては文句のつけようがないわ。王太子、ひいては将来の国王として見ればあなたは最良の伴侶。でも、だからといってあなたをひとりの女として愛しているとは限らない」

「……愛してるって……言ったわ……！」

「口では何とでも言えるわよ。あなたは大事な切り札だもの。辛辣《しんらつ》な事実より甘ったるい嘘のほうが、お姫様の好みに合うでしょうし」

「やめてっ」

握られた手を、リーゼロッテは激しく振り払った。くすりとミレイユは笑った。

「彼が記憶を取り戻して以来、ずっと陰ながら支えていたの。彼が名乗り出ないのは、わたしにとっても都合がよかったわ。だって彼を独り占《じ》めできるもの。でもね、やっぱり愛する男性には世に出てほしいと願うのが女というものでしょう。彼にはそれだけの才覚があるのだから埋もれさせるなんてもったいなさすぎる。そのためならわたしは日陰の身になってもいいって心を決めたのよ」

「嘘よ……」

顔をそむけ、ぐっと拳を握りしめてリーゼロッテは漸う《ようよ》呟いた。頭がグルグルと回って吐き気がする。

「心配しないで。わたしはアニエス王妃のように正妻の地位を狙ったりはしないわ。わたしは侯爵を継がなければいけないから、残念ながら将来国王になる人とは結婚できないの。だから妻の座はあなたに譲ってあげる。でも、彼の心はわたしのものよ。そこだけはわきまえておいてちょうだいね」

涼やかに笑い、ミレイユは立ち上がった。

「あら。顔色がよろしくありませんわね、姫様。しばらくおひとりにしてさしあげますわ。ゆっくりお休みになって」

彼女が悠然と出ていっても、リーゼロッテは茫然と長椅子に座り込んだまま動くことさえできなかった。

ミレイユの宣戦布告（？）に衝撃を受け、茫然自失となったリーゼロッテは王妃の悪事を暴くどころではなくなってしまった。

囁かれた愛の言葉がすべて口から出任せだったのかと思えば悔しくてエルンストを全力で蹴飛ばしてやりたくなり、次の瞬間には悲しくて滂沱《ぼうだ》と涙があふれてしまう。

ミレイユも交えたお茶の席では、ニコニコと楽しそうに笑っていたかと思うといきなりこの世の終わりみたいな顔になって飛び出して行く。すっかり情緒不安定になってしまったリーゼロッテにリシャール王子は困惑顔で首を傾げ、王妃はマリッジ・ブルーよと決めつけて親身になって慰めては涙を拭いてやるのだった。

憎むべき敵にまで憐《あわ》れまれ、リーゼロッテはますます落ち込んだ。

それでも真実を探り出さねばと己を奮《ふる》い立たせ、同時になんであんな不実な男のために危ない橋を渡らなきゃならないのと憤《いきどお》り、はたまたエルンストを独占するためにミレイユを殺してしまおうかと危《あや》うい考えを抱いたり、心は千々《ちぢ》に乱れまくるのだった。

結婚式は国王の病状が一服《いっぷく》してからということで、未だはっきりと決まらない。

息子の妻として輿入れしてきたローゼンクロイツの皇女を見せびらかしたくてうずうずしていた王妃はとても待ちきれず、リーゼロッテのお披露目《ひろめ》と婚約を祝うべく盛大な舞踏会を開くことにした。国中の主だった貴族が軒並み招待された、大規模な催《もよお》しである。

持参した嫁入り道具や衣装が行方不明のままなので、リーゼロッテは新しくドレスを仕立てることになった。本人が相変わらずボーッとして何を聞かれても頷くばかりなので、王妃が代わってあれこれと仕立て屋に指図をした。そんなこともあって、嫁入り途中で勝手に出奔《しゅつぽん》したリーゼロッテを当初は警戒していた様子の王妃も、実は従順で御《ぎょ》しやすいお姫様だったと誤解してくれたようだ。残念ながら誤解をうまく活用する機会はなかったが。

仮縫《かりぬ》いも済ませ、後はドレスが仕上がるのを待つばかりとなった。リーゼロッテはあれやこれやで爆発寸前の頭を冷やそうと、宮殿の中庭をひとりでぶらぶらすることにした。

強気のライバル宣言をしながらどこへ行くにもくっついてくるミレイユとその侍女三人に、ひとりで考え事がしたいからと頼んで離れてもらう。

以前リシャール王子に案内してもらった薔薇園をフラフラさまよいながら、リーゼロッテはがくりと肩を落として嘆息した。

「うう……、エルンスト様の馬鹿……、嘘つき……」

リシャールは父のロドルフ王のことを多情だと言っていた。だったらエルンストにもその傾向があるのかもしれない。

「今度会ったら問い詰めてやる……っ。わたしのことが一番に好きでないなら結婚してあげないんだからっ」

押し殺した声で呟き、両手で顔を覆った。今の自分はきっと醜《みにく》い顔をしてる。嫉妬にゆがみ、引き攣って、目が血走っているかもしれない。自信満々のミレイユが憎たらしい。エルンストは彼女のことも抱いたのだろうか。自分にしたように、耳元で愛の言葉を甘く囁いたのか。想像しただけで嫉妬で身の内が焼け焦げそうになる。

妻の座は譲ってあげる、などと平然としているミレイユが信じられない。自分には絶対無理だ。王者たるもの側女のひとりやふたり、などと泰然《たいぜん》と構えてはいられない。自分だけを愛して、可愛がってくれなきゃ絶対いや。『出来た』妻になんかなれない。

「……わたしって、こんなに独占欲が強かったのね……」

政略結婚を義務づけられた皇女として、情けないと思う。同時に、ひとりの女としては当然だとも思う。

「次なんかないいんだから……馬鹿……ッ」

想像上のエルンストをぽかすか殴って、ふぅと溜息をつく。生け垣の向こうに人影が見えてリーゼロッテは足を止めた。反射的に陰に入って窺うと、それはリシャール王子だった。上級近衛騎士の制服を着た人物と低声でひそひそ話している。

真剣な表情からして暢気《のんき》に立ち話をしている風情ではない。邪魔をしてはいけないと、そろりとその場を離れようとして、リーゼロッテは「んっ⁉」と振り向いた。

相手の騎士に見覚えがある。生け垣の陰からまじまじと凝視め、ハッと息を呑んだ。

（──あれ、偽王子だわ！）

リーゼロッテを誘拐した一味のリーダー、ぬけぬけとエルンスト王子を騙り、無礼にもリーゼロッテを抱きしめたりした張本人だ。

（どういうこと⁉　なんで偽王子がリシャール王子と一緒にいるの⁉）

混乱したリーゼロッテは、ふたりが何を話しているのか俄然《がぜん》気になって生け垣をそろそろと掻き分けた。だが、足元がおろそかになって躓《つまず》いてしまい、気がつくと大きくバランスを崩して整然と刈り込まれた生け垣をぶった切る勢いで倒れ込んでしまった。

ガサガサッと派手な物音が上がり、驚いて振り返ったふたりは、生け垣に突っ込んでジタバタ足掻くリーゼロッテの姿に目を丸くした。

「え……と……。こ、こんにちは、リシャール様。いいお天気ですことね」

空々《そらぞら》しく笑ってみせると、王子は目を細めてニヤリとした。

「これは姫君。私に逢いたいあまり生け垣を強行突破しようとなされたのかな？」

「実に情熱的な姫君ですなぁ」

逃げようともせず偽王子がくっくと笑う。王子は苦笑してリーゼロッテを助け起こした。

「さて、どうしたものか……」

腕を組んだ王子と思案顔で顎を撫でる偽王子に囲まれて、リーゼロッテは青くなった。

（ど、どうしよう。わたし、殺されちゃうのかしら……⁉）

「やむをえん。こうなったら計画変更だ」

王子の言葉に、したり顔で偽王子が頷く。

「プランBですね」

(えっえっどういうこと!? 何なのそれ、プランBって……!?)

パニクるあまり、ふたりがニタァと悪魔のごとく笑ったように見えてしまう。

リシャール王子はリーゼロッテの肩に手を置き、猫撫で声で囁いた。

「協力していただきましょう、姫君。『彼』の命が惜しかったら、ね」

ザァァ、と顔から一気に血の気が引く。肩に置かれた王子の手は怪鳥の鉤爪《かぎづめ》のようで、リーゼロッテは身動きすらままならずダラダラと冷汗を流し続けたのだった。


お披露目の舞踏会当夜、リーゼロッテは大勢の宮廷貴族に囲まれて必死の愛想笑いを振りまいていた。無理やり作ったお上品な微笑を貼り付けた顔はすっかりこわばってしまい、後でよくよく揉みほぐさねばしばらく元に戻りそうになかった。

リーゼロッテが公式に人前に出るのはこれが初めてなので、彼女の前には挨拶をしたがる貴族たちの長い列ができていた。外交関係の役職に就いている者が特に多い。

大陸の主立った国の王室にはローゼンクロイツ出身のメンバーが必ずいる。直系皇女であるリーゼロッテと懇意《こんい》になって一筆したためてもらえれば、かの国での待遇や行動の自由度がぐんと上がるのは間違いない。

翼を広げた鳥のような凝った意匠の長椅子にリーゼロッテと並んで座り、アニエス王妃は羽飾りのついた優雅な扇で自らを軽く扇ぎながら呟いた。

「あの子ったら、いったい何をしているのかしら」

むろんリシャール王子のことだ。リーゼロッテは愛想笑いのかたわらピクリと頬を引き攣らせた。

（あの腹黒王子――！）

リシャールと偽王子の密談を立ち聞きしてしまったリーゼロッテは、有無を言わさず王子の居室へ連行された。ミレイユが異変に気付いて追いかけてきたが、王子のそつない言葉と笑顔で追い払われてしまった。必死に目で救援を訴えたのに、何故か彼女は物凄い目つきでリーゼロッテを睨み付け、手を差し伸べようともしなかった。

お茶の支度をさせると王子は人払いをして、青ざめて固まっているリーゼロッテににっこりと笑いかけた。

「何もそんな処刑寸前の咎人《とがびと》みたいな顔をしなくていいんですよ、姫君。あなたに危害を加えるつもりはありません」

王子は優雅にティーカップを傾け、怜悧な視線でリーゼロッテを眺めた。

「……ですが、あなたが下手に騒ぎ立てると彼の身が危うくなる」

「か、彼？」

「決闘士ヴェラン――」

王子の座る長椅子の背後に佇立《ちょりつ》していた偽王子が呟き、顔色を変えたリーゼロッテにニヤリと笑いかけた。

「――というのは仮の姿。本当の名前はエルンスト・クレマン・ド・レヴァンジール。レヴァンジール国王ロドルフ三世の第二子で、かつての王太子だ」

リーゼロッテはぎゅっと拳を握りしめた。

「あ、あなた誰なの!?　まさかエルンスト様のことを最初から知っていて仲間に引き込んだんじゃないでしょうね!?」

「そのとおりですよ。そもそもあの一味は彼を引き入れるために作ったのだから」

「どういう意味……!?　っていうか、あなたいったい誰なのよ!?」

「なんだ、まだ名乗ってなかったのか？」

王子が肩ごしに振り向いて眉を上げる。偽王子は苦笑した。

「名乗る前に逃げられてしまいまして」

偽王子は胸に手を当て、うやうやしく腰をかがめた。

「改めまして、皇女殿下にご挨拶申し上げます。私はダミアン・ルセル。レヴァンジールていただいております」

「リシャール様の護衛……ってこと？」

「はい」

「それじゃ、最初から結託《けったく》してたのね⁉　エルンスト様が生きていると知って、その存在を闇に葬《ほうむ》ろうとしたんだわ、そうでしょう⁉」

リシャールとダミアンは顔を見合せ、プッと軽く噴き出した。

「何が可笑しいのよ⁉」

「いや、失礼。姫君は実に鋭いと感じ入りまして」

「厭味《いやみ》は結構！」

くくくと喉を震わせる王子に、リーゼロッテは眉を吊り上げた。

「エルンスト様にはメルヴェール侯爵が付いてるわ。わたしは彼が本物だって知ってる。あなたの思いどおりになんかさせないんだから！」

「さて、それはどうでしょうね。――ダミアン」

頷いた青年がポケットから取り出して示したものを見て、リーゼロッテは愕然とした。

それはエルンストが肌身離さず大事にしていた銀のロケットだった。

「そんな……」

「彼はすでに我らの手の内にある。半分とはいえ血のつながった弟です。私も酷い真似はしたくない。だが、あなたが邪魔をするようであれば考えなければなりませんね」

「やめて！　エルンスト様にひどいことしないで！」

「それはあなた次第です。事が成《な》るまでおとなしくしていてくだされば、何も心配することはない」

「事が成るって何⁉」

「そのときになればわかりますよ。……そうですね、こう言っておきましょうか。正当なる者が正当なる権利を取り戻すための、総仕上げ」

「正当なのはエルンスト様よ！　彼が本来の王太子なんだからっ」

「あなたにとって大切なのはエルンスト自身ですか？　それとも王太子という地位？」

皮肉っぽく訊かれ、リーゼロッテは憤然と眉を吊り上げた。

「エルンスト様に決まってるでしょ！　わたしは彼が王になろうがなるまいが、生涯を共にするって覚悟を決めたのっ」

「勇ましいことだ。そんなに彼が大事なら、どうすべきかわかりますね？」

ぐっと詰まり、リーゼロッテはリシャール王子を睨み付けた。

「……彼を返して」

「舞踏会までおとなしくしていれば返してあげますよ」

「舞踏会？」

「そう。婚約お披露目の舞踏会です。それが済めば彼は晴れて自由の身だ」

王子はダミアンからロケットを受け取ると立ち上がった。テーブルを回り込んでリーゼロッテに歩み寄り、静かにロケットを差し出す。

「あなたが持っているといい。これをエルンストに返したいなら、余計なことは言わずにおとなしくしていることです」

リーゼロッテは受け取ったロケットをぎゅっと握りしめた。

「……エルンスト様は無事なんでしょうね。彼を傷つけたら許さないから……！」

「弟を真《しん》に傷つけることができるのは、おそらくあなただけでしょう」

リシャール王子は意図の読めない笑みをくすりと洩らした。

――それ以来リーゼロッテは言われたとおりに口を閉ざし、ほとんど自室に引きこもっていた。もはや王妃の企みの証拠を掴むどころではない。下手に動き回ればどんな形でエルンストの処遇《しょぐう》に跳ね返ってくるかしれないと思うと恐ろしくて、身がすくんでしまう。

味方であるはずのミレイユにも相談できなかった。いや、本当に味方なのだろうか。

彼女にとってリーゼロッテは恋敵《こいがたき》だ。割り切ったことを言っていても内心では面白くないに決まっている。エルンストが敵の手に落ちたのもミレイユが一枚噛んでいたせいではないかと思えてしかたなかった。

（そうよ、ミレイユにはエルンスト様が王位を継がないほうが好都合なんだわ）

彼が宮廷に復帰しても王太子の地位を回復しなければ、ミレイユは彼と結婚できる。おまけに憎い恋敵のリーゼロッテをリシャール王子に押しつけて片づけてしまえるのだ。きっと互いの利となる裏取り引きを結んでいるに違いない。

問い詰めたくてもエルンストに何かあったらどうしようと思っただけで喉が詰まり、息苦しくなってしまう。

青ざめて思い詰めた顔をしているリーゼロッテに気付くと、ミレイユはどういうわけだか急に親切になって、侍女三人と一緒にこまごまと世話を焼き始めた。

（もう誰も信用できない……！）

リシャール王子やダミアンはもちろんのこと、ミレイユも、何食わぬ顔で彼女と情を通じていたエルンストさえも信じることが出来なくなった。

夜はベッドのなかでロケットを握りしめて嗚咽《おえつ》をこらえた。

嘘つきの酷い男とわかってもエルンストが恋しかった。どうしたら彼を自分だけのものにできるだろうと思い悩み、そんな浅ましい考えを抱く自分が情けなくて余計に涙が出た。

上辺だけを上品な微笑で装《よそお》う虚《むな》しい日々が過ぎ、いよいよ舞踏会の日がやってきた。

『正当なる者が正当なる権利を取り戻すための総仕上げ』

リシャール王子はそう言っていた。舞踏会が済めばエルンストは自由の身になれるのだと。ところが肝心のリシャール王子が待てど暮らせど姿を見せないのである。

さすがに王妃も痺れを切らして侍従に指示した。

「様子を見てきてちょうだい。剃刀《かみそり》負けでもして困っているのかもしれないわ」

うやうやしく侍従が頭を下げると同時に大広間の入り口から王太子の来場を告げる朗々《ろうろう》とした声が響き渡った。彼は数名の貴族を後ろに従えて颯爽《さっそう》と現れると、立ち上がった王妃とリーゼロッテの前で優雅にお辞儀をした。

「待ちかねましたよ、リシャール。いったい何をしていたのです」

「申し訳ありません、母上。準備に少々手間取りまして」

優艶《ゆうえん》に微笑したリシャールの顔には何の傷もない。彼に惚れてなどいないリーゼロッテでさえ一瞬見惚れてしまったくらい、甘く爽やかな美貌である。

アニエス王妃は美しく整えた眉を不審げにひそめた。

「その格好は何ですか。今夜は礼装軍服で来るはずだったのでは？」

王太子の正装は大抵どこの王家でも軍服だ。名誉階級のようなものだが、正式に冊立《さくりつ》された王太子には王立軍の元帥《げんすい》の称号が与えられる。

だが、今宵のリシャール王子は普通の王族の正装である優美なプールポワンとショースという格好だった。腰には装飾的な護拳《ごけん》のついた礼装用のレイピアを佩いている。よく似合ってはいるが、婚約のお披露目として王妃が正式に主催する舞踏会ではふさわしくない。

しかしリシャールは臆《おく》することなく艶然と微笑んだ。

「これでいいのですよ。私には礼装軍服で人前に出る権利など元々ないのですから」

「何ですって？　いきなり何を言いだすの」

「それより母上に引き合わせたい人物がおりましてね。かなり親密なお仲間のようですので、皆もきっと興味があると思います」

リシャールが振り向いて軽く頷いてみせると、入り口から数名の近衛兵を率いてダミアンが入ってきた。兵は鎖に繋がれたふたりの人物を引き立てている。

リーゼロッテは目を瞠った。近衛兵のひとりに見覚えがあったのだ。挫《くじ》いた足首の手当てをしてもらうためにニーナを引き渡したとき、礼儀正しく応対してくれた男に違いない。

招待客は思いがけない展開にとまどいと興味を半々ずつ浮かべ、事態を見守っている。

王妃の前に跪かされたのは夫婦者らしい中年の男女だった。王妃は一瞬青ざめたものの、すぐに昂然と顎を反らして言い放った。

「このような者など知りません」

「お見忘れとは冷たいですねぇ。この女は薬草師——いや、毒草専門だから毒草師と言うべきか——、名はポーリーヌ。男は彼女の夫で始末屋のガストンです」

『毒草師!?』

『始末屋だって？』

『穏やかじゃないな……』

客が一斉にざわめきだす。王妃は平静を装っていたが、すぐ傍らにいるリーゼロッテには彼女の目許が微妙に引き攣っているのが見て取れた。

リシャール王子は周囲の反応を充分に引き出しておいてから、おもむろに頷いた。

「この女は、母上が父上に飲ませていた滋養強壮のための薬湯を処方《しょほう》していました」

「あらそう？　だとしても滋養強壮の薬の何が悪いのかしら。陛下の御為《おんため》に、身体に良いお薬を飲ませただけじゃない」

「それが本当に良薬なら、ね」

皮肉もあらわな息子の口調に王妃は眉を逆立てた。

「リシャール！　いったい何の根拠があって母を誹謗《ひぼう》するのですか。そのような女が何を言おうと皆でたらめよ。わたくしが陛下に飲ませた薬が毒薬だというのなら、その女が勝手にしたこと。わたくしこそ騙されたのよ」

「だ、そうだが？」

リシャールが横目で見ると、女は卑屈な笑みを浮かべて哀れっぽい声を絞り出した。

「王子様、あたしは王妃様に頼まれただけなんですよ。こんな恐ろしいことはイヤだって申し上げたんですがねぇ。どうしてもって仰られて、お金もたくさんいただいたものですから。以前からのお付き合いもございましたし……」

「お黙り！」

扇を握りしめ、ヒステリックに王妃が叫ぶ。女は慌てて額を床に擦りつけた。

「以前からの付き合いとは何だ？」

「はい……はい……、もう十年以上前のことでございますよ。まだ王妃様は王妃様におなりではなく……。先の王妃様を片づけたいと仰られて……」

「口から出任せを！　いいかげんになさい！」

激昂する王妃を遠巻きにして、貴族たちは昂奮した口調で囁き交わした。

『アンヌ＝マリー様はお亡くなりになった直後から毒殺の疑いがあったな……』

『やっぱりそうだったの？』

茫然としていたリーゼロッテの肘を、後ろから誰かが引く。ミレイユが小さく頷き、さりげなくリーゼロッテを王妃から引き離した。

王妃はふるふるとかぶりを振り、訴えかけるように潤んだ瞳で息子を凝視めた。

「リシャール！　母に対してどうしてこんな酷い仕打ちができるのです!?　そんな怪しげな風体《ふうてい》の女の戯言《ざれごと》を真に受けて、実の母を疑うと言うのですか」

「遺憾《いかん》ながら疑いの段階などとうに過ぎているのですよ、母上。証拠ならあります。この女は几帳面にも毒草を売った相手の台帳を作っておりましてね。押収して調べたところ、十二年前から母上の名が載っていることが判明しました」

「わたくしではないわ！　誰かがわたくしの名を騙ったのよ！」

「この女は意外にも絵心があって、名前だけでなく似顔絵も台帳に描き込んでいました。偽名を使われた場合に備えてのことでしょう。――残念ながら母上、十二年前から台帳に描かれている人物はあなただと私が断言しますよ。息子であるこの私がね……」

王妃は息を呑み、すぐにまた傲然と反撃してきた。

「似顔絵ですって？　馬鹿馬鹿しい、そんなものが何になります。わたくしが陛下に毒を盛ったというのなら、その証拠をお見せなさい。毒はどこにあるの？　陛下が毒を飲んだ確証でもあるのですか⁉」

「ありますよ。実は父上にお願いして、母上から飲まされた薬湯をこっそりと小瓶に吐き戻していただいたのです。それを宮廷侍医数人掛かりで分析し、毒草成分を検出しました。さらに、ひそかに母上のお部屋を調べ、手筥《てばこ》からこのようなものを発見しました」

王子は小さな布袋を取り出して見せた。王妃は弾かれたように笑いだした。

「それは安眠のためのハーブよ。飲みすぎたところで眠る時間が少し伸びるだけだわ」

「ええ、これはね。ただし手筥は二重底になっていて、そこから見つけたのが――こちらです。もしこれが無害な薬草なら、わざわざ二重底に隠したりしませんよね？」

もう片方の手で似たような小袋を取り出し、王子は冷ややかに微笑した。

「分析の結果、父上が飲まされたものと同じ毒草であることが判明しました」

王妃はよろめき、後退った。

「嘘よ……。誰かの陰謀だわ。わたくしを陥れようと……っ」

「────見苦しいぞ、アニエス」

苦々《にがにが》しい声が響く。貴族たちが一斉に振り向き、慌てて礼を取った。

そこには両側から侍従に支えられた痩身《そうしん》の男性が立っていた。見るからに病《や》み衰えてはいても、盛装した上に白貂《しろてん》の毛皮で縁取られたマントを軽くはおった姿には威厳がある。

リーゼロッテは目を見開いた。

(まぁ……！　エルンスト様になんてよく似ていらっしゃる……！)

間違いない。この人こそレヴァンジール国王ロドルフ三世だ。十年前に一度会ったきりでうろ覚えだったが、窶《やつ》れていてもその面影は成長したエルンストに容易に重なった。

王妃は国王に走り寄ろうとして衛兵に阻止され、わっと泣きだした。

「陛下！　これは何かの間違いです。わたくしはけっしてそのような恐ろしいこと──」

「おまえとリシャールの面倒は生涯見てやるつもりだった。アンヌ＝マリーも承知して、きちんと責任を取るよう私に勧めてくれたというのに……。なのにおまえは彼女を謀殺したのだな。そして何食わぬ顔で私を慰め、取り入って、王妃の地位を手に入れた」

「違います、陛下……っ」

「さらには王太子エルンストまで手にかけるとは……」

リシャールが、抜き放った剣を跪いた男のうなじに突きつける。

「その件についてはこの男が白状しました。我が母よりエルンスト王子を始末するよう依頼され、彼の乗る船の船員として潜り込んだ。そして嵐の折に船員の手助けをしようとした王太子を荒れ狂う海に突き落としたのです。――そうだな⁉」

「はっ、はい！　そのとおりです。すべて喋りますから命だけはお助けを……！」

切っ先が皮膚《ひふ》に食い込み、血の玉が浮く。男はひぃぃとかすれた悲鳴を上げた。

王妃は真っ青になりながらも強情に抗弁《こうべん》した。

「でたらめです！　エルンスト様が嵐の海に落ちて亡くなられたのは不運な事故ですわ」

「生きてますよ」

さらりとリシャールが言い放ち、王妃や貴族たちが目を瞠る。国王も呆気に取られた顔で息子を振り向いた。その点については知らされていなかったらしい。

「リシャール、それはまことか⁉」

「はい、父上。エルンストは確かに生きています。――もう出てきていいぞ」

リシャールが声をかけると入り口でカツンと靴音が上がった。

リーゼロッテは震える口許を押さえ、いっぱいに目を見開いた。

堂々たる足どりでこの場に現れたのは紛《まぎ》れもなくエルンストだった。肩章や飾緒《しょくしょ》のついた後ろ下がりの白い軍服が健康的な肌色によく映えている。腰に佩いているのはいつものバスタード・ソードではなく、カップガードのついたグリップの長いエペだ。

引き締まった精悍な顔には、やや憮然とした表情が浮かんでいた。このような登場の仕方は本意ではなかったに違いない。

唖然としていた王妃は、彼が近づくにつれ顔色を失い、幽霊を見たような顔で叫んだ。

「嘘よ！　生きているはずがないわ！　短剣で突き刺して海に落としたと……、っ！」

全員の視線が王妃に集まる。苦い口調でロドルフ王が呟いた。

「語るに落ちたな」

エルンストは冷徹な笑みを浮かべて左手を上げた。

「刺されたのは手の甲《こう》だ。今も傷跡が残ってる」

「嘘……、偽者よ……、生きているはずがない！　その男は偽者よ！」

「——本物です！」

執拗に食い下がる王妃の声を遮り、リーゼロッテは叫んだ。全員注視のなか毅然とエルンストに歩み寄る。彼の表情がやわらぎ、深い情愛を込めてリーゼロッテを凝視めた。

リーゼロッテは彼の腕にそっと手を添え、凛《りん》とした声音で宣言した。

「この方は間違いなくエルンスト・クレマン王子です。婚約者であるわたくし、ローゼンクロイツ皇女エリザベート＝シャルロッテが命と名誉にかけて保証します！」

おお……、と見守る貴族たちから感嘆が洩れる。

『間違いない、エルンスト王子だ』

『陛下にそっくりだわ！』

『まさしく、お若い頃の陛下に生き写しだ』

エルンストはリーゼロッテの手を握りしめて微笑んだ。

「……エルンスト……？　本当におまえなのか……？」

信じられないというように目を見開き、ロドルフ王がよろよろと歩み寄る。

向き直ったエルンストはしっかりと頷いた。

「はい、父上。エルンストです」

感極まってふらついた王を、エルンストがすかさず支える。王は息子の顔を覗き込んで涙を浮かべた。

「生きていてくれたのだな……！」

「長い間ご心痛をおかけして申し訳ありませんでした」

琥珀色の瞳を潤ませ、エルンストは囁いた。王は声もなく、何度も頷きながら逞しい息子の背を愛しげに撫でた。ふたりを見守っていたリシャールが鎖を持つ衛兵に頷きかける。

「連れていけ。アニエス王妃は特別地下牢だ」

「リシャール！　母を投獄するの!?」

「自業自得でしょう。王妃の地位など望まなければ、忠実な息子としてあなたを守ってさしあげることもできたのに……。私は王子になってしまいましたので、王を害する者、ひいてはレヴァンジールを害するであろう者に目をつぶることはできません」

衛兵に腕を掴まれて連行されながら、なおもアニエスは悲痛な声を上げた。

「リシャールっ……！　陛下、助けてください。どうかお慈悲を……、陛下ぁぁっ」

いくら叫んでも、ロドルフ王は彼女に一瞥《いちべつ》もくれなかった。

大広間から王妃の姿が消えると、リシャールはうやうやしく国王に頭《こうべ》を垂れた。

「では父上。ただ今この時を持ちまして、お預かりしていた王太子の地位を正当なる保持者であるエルンスト王子に返還したいと思います」

「兄上……」

エルンストが眉根を寄せる。国王は振り向き、沈痛なまなざしをリシャールに向けた。

「……それが筋であろうな」

「私の処分はどうぞお好きなように。陛下のご判断に任せます」

「兄上、本当にいいのか？」

ためらい顔のエルンストに、リシャールは晴れ晴れとした笑顔を向けた。

「助かったよ。これで肩の荷が降りた」

「リシャール。沙汰《さた》は追って言い渡すが、それまではエルンストの補佐をしてやるように。十年ぶりの帰郷だ。昔とは勝手の違うこともあるだろう」

「かしこまりました」

頭を下げる息子に頷き、ロドルフ王はリーゼロッテに向き直った。

「挨拶がすっかり遅くなってしまったな、リーゼロッテ姫。息災《そくさい》のようで何よりだ」

「陛下も……、というか、一刻も早くご回復なされますように」

「大丈夫ですよ。しばらく前からすでに毒薬は無害なもの——というより本当に効果のある薬にすり替えておいたのです」

リシャールが微笑む。リーゼロッテはエルンストを見上げ、目を潤ませた。

「……夜も眠れないほど心配したんだから。あなたがリシャール様に捕まって、ひどい目に遭っているんじゃないかと」

「すまない。下手に連絡を取りあえば王妃に気取《けど》られるかもしれないと不安で」

エルンストはリーゼロッテの睫毛を拭い、そっと目許にくちづけた。

「これからは、ずっと一緒にいてね……？」

「ああ、もちろんだ」

力強くエルンストは頷いた。国王がリシャールの肩を借りながら破顔《はがん》する。

「おお、そうだ。皆に紹介しなければな。——ローゼンクロイツ皇国からはるばる嫁いで来られたエリザベート＝シャルロッテ皇女だ。彼女を娶るのは我が息子、王太子エルンストである。皆の者、若いふたりをよろしく頼むぞ」

わぁっと歓声が上がり、盛大な拍手が巻き起こる。リシャールもダミアンも満面の笑みで手を叩いていた。リーゼロッテは目を潤ませながら淑《しと》やかにお辞儀をし、愛しい王子の頬にそっとくちづけたのだった。


息子による母王妃の告発・捕縛。死んだと思われていた王子が帰還し、王太子に復帰するという前代未聞の幕開けとなった舞踏会は、予定を切り上げて早々にお開きとなった。

未だ毒抜き中で体調のすぐれない王の容体を慮《おもんぱか》り、これまでの経緯は王の寝室で話すことにした。集まったのは王族三人とリーゼロッテ、ミレイユ、そしてダミアンだ。

寝台で楽な姿勢を取った王は、人払いをして息子たちの話に耳を傾けた。

大体のところはリーゼロッテも知っていることだったが、初めてわかった事実もあった。

最初のきっかけは、非番で街をぶらついていたダミアンがたまたまヴェランの請け負った決闘を見物したことだという。

「若い頃のロドルフ王の肖像画にそっくりでね。いや驚きましたよ」

ダミアンの言葉にリーゼロッテは首を傾げた。

「本当に偶然だったの？　こんなに似てるんだもの、噂になったりしそうだけど」

「陛下はもう何年も体調を崩されていて、人前に出ることはほとんどなかったんです」

とリシャール王子。ロドルフ王も頷いた。

「外向きの政務はほとんどリシャールに任せていたからな」

「他人の空似《そらに》にしては似すぎてるし、かつては一緒に剣術を学んだ間柄ですからね。何となく、こいつ本物じゃないのか、と」

ダミアンは苦笑し、冗談ぽくエルンストを睨んだ。

「俺、かなりショックだったんですよ。全然気付いてくれなくて。乳兄弟《ちきょうだい》だってのに」

「乳兄弟!?」

「ええ、そうなんです。俺の母がエルンスト様の乳母を務めておりましてね。——ずーっと一緒に育ったってのに、完全に忘れ去られてて悲しかったなぁ」

「いや……、もしかしてそうかな、とは思ったんだよ」

きまり悪そうにエルンストは頬を掻いた。

「しかし、俺を誘いに来たときは髪まで染めて俺のふりをしてただろ？　ダミアンならそんなことするはずないと思って……」

「正体を明かせ！　って迫ってくることを期待してたんですがね」

「回りくどいことをするおまえが悪い！」

「私の指示だ。万が一、人違いだった場合にも備えておかないと」

「それじゃ、リシャール様は最初から関わっていらしたんですね」

リーゼロッテの問いに、リシャールは苦笑を収めて頷いた。

「エルンストにそっくりな決闘士を見かけたと、ダミアンがすぐに知らせてくれました。実は、私たちはずっと以前からエルンストの行方を探していたんです。……おまえは絶対生きてるに違いないと思っていたよ」

「兄上……」

眉根を寄せたリシャールの瞳に影が射す。

「……知っていたんだ。母の仕業《しわざ》だと。おまえが海で行方不明になったという知らせが王宮に届いた日、取り乱して嘆き悲しむ父上をいかにも親身そうに慰めながら、母が嗤《わら》っているのを私は見てしまった。まるで……魔物のような笑みだった」

誰もが声をなくしてリシャールを凝視する。

「母がエルンストを嫌っているのは知っていたが、まさか手にかけるような真似まではすまいと思っていた。そう思いたかった。でも気になって、様子をこっそり窺っていると、母が嬉しそうに独りごちるのを聞いてしまったんだ。『うまく行った。これで邪魔者はふたりとも消えたわ』、とね……」

絶句する父と弟を、彼は昏いまなざしで交互に見やって目を伏せた。

「……母はエルンストばかりか、アンヌ＝マリー様まで手にかけていたんです」

しん、と静まり返るなか、ロドルフ王が痩せおとろえた手を伸ばす。

「ここへおいで、リシャール」

枕元に座った息子の頭を、幼い子供にするように王はそっと撫でた。

「可哀相に……。ひとりで苦しんでいたのだな」

「すぐに言えばよかったんです。でも言えなかった。母が罰せられるかと思うと怖くて」

「ああ、当然だ。聞いたところで、あのときの私は信じなかっただろう。アンヌ＝マリーのときもエルンストのときも、アニエスは私を慰め、気遣い、支えとなってくれた。まさかそのすべてが偽《いつわ》りだったとは……。あれは誤解を受けやすいだけで、本当は優しい女なのだと信じていた。そう信じ込むことで見たくない残酷な真実から目をそむけていただけだったのかもしれない。私は臆病者だな……」

「私が心弱かったのです。日毎《ひごと》に増長してゆく母を止めることもできなかった……。それでも母の思いどおりにだけはなるまいと心を決め、真の味方を少しずつ増やしていきました。弟の乳兄弟だったダミアンを、母の反対を押し切って護衛官としてつけてもらったのもそのためです。彼も最初は警戒してなかなか心を開いてくれませんでしたが、やがて本当に私が弟の生存を信じ、探し出したいと思っていることを信じてくれるようになりました。そこで真実を打ち明けたのです」

ダミアンは頷いた。

「正直、生きていてほしいという願望にすぎないとも思いましたがね……。それは俺も同じだったし、もしも本当に亡くなっているなら何としても真実を明らかにしなければ」

ダミアンはエルンストの行方と当時の状況を知る者を探し、リシャールは母に怪しまれないよう用心しながら悪事の証拠を掴もうとした。そんななかヴェランが現れたのだ。

「国中探し回っても皆目《かいもく》手がかりが掴めなかったのに。まさしく灯台《とうだい》もと暗しでしたね」

そして一気に歯車が回り始める。ロドルフ王はついにアニエス妃の懇願に折れ、リーゼロッテ姫をリシャールの妃としてもらい受けたいと旧友に願い出た。

嫁入り途中で誘拐したのは、一旦王宮に入ってしまえば何かと動きづらくなると用心したためだ。まずはリーゼロッテとエルンストを引き合わせ、彼が本物であることを皇女に証明してもらおうとしたのである。

「何せエルンスト様は姫君にベタ惚れでしたからね。耳にタコができるほど惚気《のろけ》を聞かされたもんです。それで、姫君に最後の駄目押しをしてもらおうと。エルンスト様ときたら、俺がいくら挑発しても絶対に正体を明かそうとしないんだから」

リーゼロッテは赤くなって肩をすぼめた。エルンストを睨むと、彼は気まずそうに顔をそむけてしまう。ダミアンは大仰《おおぎょう》に嘆息した。

「せっかくお膳立てしたってのに、手に手を取って駆け落ちされちゃうんだもんなぁ」

「駆け落ちじゃない！」

「そうよ！　あのときはヴェランがエルンスト様だなんて知らなかったわ。大体そんなことなら、あなたと手合わせしたときに教えてくれればよかったじゃないのっ」

照れ隠しも加わって、リーゼロッテは眉を吊り上げた。

「自分から名乗り出てほしかったんですよ。仮にも将来は国王になる方なんだから、それくらいの意思は示してもらわないと」

「名乗っただろうがっ。おまえがメルヴェール城にいきなり現れたときに」

「そうでしたね。『俺がエルンストだ！　リーゼロッテは誰にも渡さないからな！』なーんて、開口一番敵意剥き出しで宣言されちゃいましたっけ」

ぼわっとリーゼロッテは赤くなった。くすくすとリシャールが笑う。

くつくつとロドルフ王も笑った。

「やっぱり姫君はエルンストにとって最大の強みで、弱みでもあるわけだな」

「ふたりが初めて顔を合わせた日のことは私もよく覚えているよ。あまり乗り気でなかったエルンストが、可愛らしい小さな女剣士と手合わせしたとたんにコロリと態度を変えて、帰りの馬車では『五年も待つなんて嫌だ、今すぐ嫁に欲しい』とゴネるんだから」

「父上！」

赤くなってエルンストが叫ぶ。リーゼロッテも真っ赤になった。ニヤニヤしながらダミアンまで尻馬《しりうま》に乗る。

「そうそう、出かける前は『どうせ気取ったワガママ姫に違いない』とかぶつくさ言ってたくせに、ニヤケ面《づら》でルンルン帰ってくるんだもんなぁ。あれには呆れました」

「黙れダミアンっ」

　再会してすでに旧交を温めていたのだろう。遠慮ない口をきく乳兄弟にエルンストは眉を吊り上げて怒鳴った。

「姫君。息子をよろしく頼むよ。ご覧のとおり、今でもあなたにぞっこんのようだ」

「は、はい……」

　ロドルフ王の優しい言葉に、頬を染めながらリーゼロッテはコクリと頷いた。

　顔を赤らめるエルンストと目があって、ふと思い出す。そうだった。あれを問いただされないことには結婚に同意できない。

「――その前に聞きたいことがあるの」

「なんだよ、また手合わせか？」

「負けたら結婚してもらえないんですよねー」

「違いますッ、ミレイユさんのことよ」

「はぁ？」

　目を丸くして呆気に取られるエルンストをリーゼロッテはキッと睨み付けた。

「わたし、妃としてあなたを生涯支えるって決めたけど、愛する人を他の女性と分かち合うなんてことは絶対できないわ。わたしと結婚したかったら、今すぐここでミレイユさんとすっぱり別れてください！」

ぽかんとして目を瞬いたエルンストが、表情を消してゆらりとミレイユを振り返る。

それまでニコニコしながら話を聞いていたミレイユは、全員の注視を受けて青くなった。

「う……、えっ、と……、ね……」

「――どういうことだ？　ミレイユ」

「エルンスト、おまえ……二股《ふたまた》かけてたのか？　それはいかんぞ。私も若い時分は散々浮名《うきな》を流したものだが、一度にひとりと決めていた」

「妙なこと言わないでください、父上！　俺はずっとリーゼロッテ一筋ですッ」

感心顔の父に怒鳴り、エルンストはおろおろしている従姉妹に犬歯を剥きだした。

「ミレイユっ、おまえリーゼロッテに何を言ったんだ!?」

「わっ、わたしはただエル兄様に言われたとおり、姫様が危険なことをしでかさないように釘を刺しただけよ」

「どんな釘だよ!?　俺は、状況が変わったから無茶な真似をしないようにって伝えてくれと言ったんだぞ」

怒鳴られたミレイユは、ふぇぇと涙目になった。

「だってぇ、姫様が羨《うらや》ましかったんだものぉ～」

「う、羨ましい？」

唖然としてリーゼロッテはミレイユを眺めた。彼女は拗《す》ねたように口を尖らせた。

「生き別れて再会して、十年越しの初恋を成就《じょうじゅ》させちゃうなんて、まるでロマンス小説みたいじゃないのっ。すっかり格好よくなったエル兄様にすっごく大事にされてるうえに、リシャール様までちやほやするんだものぉっ、羨むなっていうほうが無理ですわ！」

いきなり名指しされてリシャールが顔を引き攣らせる。ミレイユはハンカチで目許を押さえ、恨みがましくブツブツ続けた。

「誠心誠意お仕えしていますのに、リシャール様ったら何度誘ってもお茶をご一緒してくださらないし、舞踏会ではたま〜に一回踊ってくださるかどうか。わたしの心は割れ鐘のように悲痛に鳴り響いておりますわ」

何か違うと思ったが、誰も突っ込まなかった。言いたいことはわかる。

気を取り直したロドルフ王は、ごほんと咳払いしてリシャールを横目で見た。

「……なるほど。ミレイユ嬢が愚息《ぐそく》にご執心《しゅうしん》とは気付かなかった。リシャール、近い内にミレイユ嬢からの招待をお受けしろ。将来のメルヴェール侯爵を粗略《そりゃく》に扱うことはまかりならぬ」

「…………御意《ぎょい》」

眉間に深い皺を刻みつつ、重苦しげにリシャールは頷いた。反対にミレイユはぱぁあっと顔を明るくして現金にもニコニコし始める。リーゼロッテは茫然と呟いた。

「それじゃ……、ミレイユさんがエルンスト様と付き合っているという話は……」

「付き合ってない！」

「ごめんなさい。あれ全部嘘ですの」

眉を垂れてミレイユは頭を下げた。

「ダミアンと再会して兄上が味方だとわかったから、きみに証拠を探してもらう必要はなくなった。無茶をしでかさないようミレイユから事情を話してもらうつもりだったのに」

エルンストに睨まれてミレイユは引き攣った笑みを浮かべた。

「で、でもほら！　おかげで姫様はほとんど引きこもってくださって、危ない橋を渡らずに済んだわけだし」

「なるほど、妙に情緒不安定だった原因はそれか」

リシャールが含みのある笑みを浮かべて顎を撫でる。びくぅとミレイユは肩をすぼめた。せっかく国王のお達《たっ》しを引き出せたのにこれでは効果半減だ。

エルンストは真剣な顔でリーゼロッテの瞳を覗き込んだ。

「リーゼロッテ。俺が好きなのはきみひとりだ。きみだけをずっと想っていた。溺れそうになったときも、記憶をなくしていたときも、きみとの約束が俺をこの世界につなぎ止めてくれたんだ。きみこそ俺の命綱《いのちづな》だった」

「エルンスト様……」

瞳を潤ませてリーゼロッテは愛しい王子を凝視めた。

こうして目と目を見合わせれば伝わってくる。深く真摯な彼の想いが。

「……疑ってごめんなさい」

エルンストは微笑んでリーゼロッテの額にちゅっとキスした。リーゼロッテは彼に抱きつき、逞しい背をぎゅっと抱きしめた。ミレイユが羨ましそうに溜息をつく。

「──父上、そろそろこのふたり追い出しませんか？」

「そうだな。あてられて熱が出てきそうだ」

ひそひそと囁き交わす父王と兄王子の声も、幸せいっぱいのふたりの耳には届かない。

あっというまにふたりだけの世界へ行ってしまった恋人たちを眺め、ダミアンが胸焼け気味の苦笑を浮かべていた。


「んん……っ。だ、だめよ、エルンスト様。結婚式が済むまで待って」

息を弾ませ、リーゼロッテは真っ赤な顔でエルンストを押しやったが、彼はまるで聞く耳持たない。

「待つのは確かめてからだ」

「た、確かめる？」

「浮気してないかどうか確かめる」

冗談とは思えぬ顔つきで言い放ち、エルンストはリーゼロッテの夜着を脱がせ始めた。

「変なこと言わないで！　浮気なんかするわけないでしょ⁉」

「じゃあなんで抵抗するんだ」

「結婚前なんだから当たり前よ！」

前回はヴェランがエルンストだったことがわかって、感激のあまり勢いで処女を捧げてしまった。本来そういうことは結婚の誓いを立ててからすべきことだ。

「順番なんかどうでもいいって言ったじゃないか」

「どうでもいいとは言ってないわ。あのときはその……、エルンスト様が生きていてくれて、嬉しさのあまり……」

「――後悔してるのか？」

顎を取られ、真剣な瞳で覗き込まれる。リーゼロッテは目を瞠り、ふるりと首を振った。

「まさか！　ただ、やっぱりちょっと、何というか……後ろめたい……？　後悔してるんじゃないの。でも、ずっとそういうふうに躾《しつ》けられてきたんだもの。罪悪感を覚えずにはいられないのよ」

エルンストの表情がふっと和んだ。

「……そうだったな。きみは『お姫様』のイメージからずいぶん逸脱《いつだつ》してるから、つい忘れてしまう。実は大陸一の深窓の姫君だってこと」

リーゼロッテは顔を赤らめた。

「じゃじゃ馬って言ったくせに……」

「深窓のじゃじゃ馬姫だ」

「何よそれ!? もぅっ、エルンスト様の馬鹿っ、意地悪っ」

ぽかぽかと肩口を撲つと、エルンストは楽しげに笑ってリーゼロッテを抱きしめた。

「愛してる、リーゼ……」

深い想いの籠もった声音で囁かれ、急激に鼓動が高まる。

エルンストは大きく息を吸い、ぎゅっと腕に力を込めた。

「ああ、きみの匂いだ。ずっとこれがかぎたかった」

「や……、やめてよ……」

恥ずかしくなってリーゼロッテは身を縮めた。湯浴みは済ませたものの、ひょっとして体臭がきついのではないかと気になってしまう。

「いい匂いだ。むせ返るほど濃厚に……女の匂いがする」

耳朶を甘く食《は》まれ、リーゼロッテは真っ赤になった。発情していると言外に言われたも同然だ。

「や……、もう離して……。お願い……っ」

半泣きで訴えても、エルンストは絡めた腕を一向に解こうとしない。熱い唇を首筋やはだけた胸元に押しつけられると、身体の奥の秘めやかな部分がぞくりと疼いてしまう。

「きみと離れている間、どれほど焦燥《しょうそう》に苛《さいな》まれたことか……」

「わたしだって、あなたが本当にわたしを愛してるのかわからなくなって悩んだのよ⁉」

「愛してるよ、リーゼロッテ。初めて会ったとき、勝負を申し込まれて勝ったのは俺だったけど、同時に完敗してたんだ。きみにぞっこん惚れてしまった」

「エルンスト様……」

心から想いを吐露《とろ》されて瞳が潤む。

「永遠に、きみには勝てそうにないな。きみが俺を愛するより、俺のほうがずっときみを愛してるから」

「そんなことないわ！　わたしのほうがずっといっぱい愛してるもの」

俺だ、わたしよと子供のようにムキになって言い争い、凝視めあって同時に噴き出す。

「……引き分けってことにしない？」

「ああ、そうだな」

リーゼロッテは無邪気に彼を抱きしめて吐息をついた。

「この『勝負』は引き分けでなきゃだめなの。ずっと引き分けていたいわ」

「俺は負けっぱなしでもかまわないが」

「だめよ」

リーゼロッテは身を起こし、すでに解けかけていた夜着のサッシュをしゅるりと引いた。ミルク色のまろやかな果実が仄昏《ほのぐら》い灯のなかに浮かび上がる。

恥ずかしさをこらえ、リーゼロッテは囁いた。

「……わたしがどれほどあなたを愛しているか、証明するわ」

軽く目を瞠ったエルンストは、夜着を肩から滑り落とそうとするリーゼロッテの手を優しく止めた。

「引き分けなんだろう？」

「浮気してないか確かめるんでしょ……」

震える声で囁くと、エルンストの顔に翳りをおびた笑みが浮かんだ。

「……そうだったな」

絹の夜着がするりと肩から落ちる。肌触りのいいリネンに横たえられ、リーゼロッテは羞恥に唇を震わせた。夜着の下には何も着ていない。生まれたままの姿に注がれる熱い視線を感じただけで、ぞくぞくと皮膚が粟立《あわだ》つような感覚に襲われる。

身体の中心につきんと疼痛が走り、リーゼロッテは唇を噛んだ。この不穏な疼きが何を意味するか、すでにリーゼロッテは知ってしまった。それをエルンストに知られたくない。

たった一度受け入れただけなのに、視線に晒されただけであのとき感じた愉悦を思い出してはしたなく身体を戦慄かせているなんて、恥ずかしすぎる。

「……み、なぃで……っ」

「見なけりゃ確かめられないだろう？」

泣き声で訴えても、笑みをふくんだ声音で撥ねつけられる。エルンストは愛と情欲で濡れたように光る瞳をリーゼロッテの裸体のすみずみまでじっくりと這わせて呟いた。

「綺麗だ……。誰にも触れさせていないようだな」

「してないわ。わかったでしょ……、――ッ」

胸の頂きに温かく濡れたものが触れ、リーゼロッテは息を詰めた。やわらかな乳暈《にゅううん》に舌を這《は》わせながら、うっそりとエルンストが笑う。

「……どうかな。舐め回したところで跡はつかない。こんなふうに……」

「んッ……！」

べろりと大きく舐め上げられ、反射的にのけぞる。せめて声を出すまいとリーゼロッテは口許を押さえた。そんな必死の表情に目を細め、エルンストは意地悪く囁いた。

「せっかくの好意だ。気が済むまで確かめさせてもらおうか」

「……っ！」

角張った無骨なてのひらが乳房を掴む。ゆるゆると捏《こ》ね回され、リーゼロッテはたまらずに息を喘がせた。

「はっ……、あ……、あぁ……ん……っ」

どんなにきつく口を押さえても、指の隙間から淫らな声が洩れてしまう。顔を真っ赤にしてぎこちなく身を捩らせる仕種が男を煽っているとも気付かずに、リーゼロッテは襲い来る快感を懸命にやり過ごそうとした。

執拗に乳房を揉みしだいていた手が片方外れ、腿の内側にするりと滑り込む。

「ひゃっ……!?」

途端にぞくぞくっと快感が駆け抜け、リーゼロッテは背をしならせた。

剣だこのある固いてのひらで腿を撫でさすられると、身体がガクガクと揺れてしまうほどの愉悦が全身に走る。

「やぁっ……！　やめ……っ、エルンスト様っ、お願い、やめてぇ……っ」

「何故いやがる？　この先に何か隠し事でもあるのか？」

「違っ……。――んぅっ、だ、だめ……、だめなのぉっ……」

這いのぼる彼の手を押しとどめようと腿を閉じ合わせたが、かまわず彼はしっとりと汗ばんだ茂《しげ》みに指をくぐらせた。

「ひぅっ」

震える花芽の先端をかすめ、指先がヌプリと秘裂に沈む。そこはすでに熱い蜜溜まりと化していて、戦慄きながらも従順に侵入者を迎え入れた。低声でエルンストが笑う。

「もうこんなに濡らして……。見られただけで感じたのか？」

「みっ、見られただけじゃな……っ」

顔を真っ赤にしてリーゼロッテは言い返した。執拗に乳首を舐め、感じやすい内腿をさんざん撫で回したくせに！

「そうだったな。しかし、こんなに反応がいいとかえって疑わしくなる」

「えええ!?」

「兄上に迫られなかったか？」

「リシャール様がそんな不埒《ふらち》な真似をするわけないでしょ。いつだって礼儀正しい貴公子だったわよっ」

「そういう男がきみは好きなのか」

やけに真剣な顔に絶句する。リーゼロッテはそっと彼の頬を撫で、微笑みかけた。

「……わたしが好きなのは今のあなただって言ったでしょう？　わたしの愛する王子様はあなただけ。わたしは二度あなたを好きになったの。最初はエルンスト王子と出会ったとき。そして、ヴェランと出会ってまた恋をした……。ヴェランがエルンスト様だなんて全然知らずに、今のあなたが好きになったの。世界の果てまで裸足でついていこうって決意できるくらいに」

「記憶を取り戻してから、ずっときみを想ってた。そして恐れてもいたんだ。忘れ去られ、ただの思い出になってしまったんじゃないかと……」

「あなたは生き続けていたわ。わたしの心のなかで、消えることなく輝いていたの。あなたを想うだけでいつでも心がほんわりと温かくなった。そしてあなたに逢えないことが寂しくてたまらなかった……。でも、もう寂しくなんかないわ。あなたはこうしてわたしの側にいてくれるんだもの」

　リーゼロッテはエルンストの手を握り、自分の心臓の上にそっと押し当てた。

「……わかる？　すごくドキドキしてるでしょう？　あんまり嬉しくて鼓動が踊ってるの。あなたが大好きだって歌っているのよ」

「俺もだよ……。嬉しすぎて、きみをこうしてこの腕に抱いているのが今でも信じられないくらいなんだ。リーゼロッテ、俺を抱きしめてキスしてくれ。きみが幻でないことを証明してくれ」

　求められるままにリーゼロッテはエルンストを抱きしめ、唇を押しつけた。大胆に唇を吸いねぶり、自ら差し入れた舌を熱っぽく絡めあう。逞しい肩や背中を夢中になってまさぐり、大きく脚を広げて全身でぎゅっと彼にしがみついた。

　脳髄が甘く痺れて恍惚とするほど濃密なキスを交わし、互いの唾液で濡れた唇に淫靡《いんび》な糸が引くのを目にして、リーゼロッテはうっとりと吐息を洩らした。

　エルンストは苦しげに眉を寄せて囁いた。

「リーゼ。きみの望みを尊重したい。本当にそう思ってる。でも……、今夜だけ許してくれないか。気の済むまで思う存分きみを愛したいんだ。好きにさせてくれたら結婚式を挙げるまでは礼儀正しくする。きみが好きになった王子様のように、礼儀正しく、ね……」

リーゼロッテは顔を赤らめてエルンストを見上げた。

「本当に？」

「ああ、約束するよ」

「……いいわ。今夜だけ皇女をやめる。あなたを愛してる、ただの女になるわ」

「リーゼ……」

愛情を込めて抱きしめられ、幸福感で胸がいっぱいになる。

「エルンスト様……」

「様はいらない。ただ名前で呼んでくれ」

「エルンスト……」

微笑んで唇を重ねられる。彼はリーゼロッテの口腔《こうこう》を蹂躙《じゅうりん》し尽くすと、身体に沿って丹念に唇を這わせた。一箇所でも取りこぼすまいとするかのように、肌を唇と舌で愛撫してゆく。執拗《しつよう》に嬲《なぶ》られた胸の頂きは熟れたラズベリーみたいに真っ赤に色づき、淫靡な露《つゆ》に濡れて恥ずかしげにツンとそばだっている。

臍《へそ》の窪《くぼ》みを舌で遊ばれて、リーゼロッテはこそばゆさとぞくぞくする感覚に喘ぎ、腰を

押し上げられ、膝裏に手を入れて押し上げられ、くすぐったい……っ」


くねらせた。

「あぁん……。だめ、くすぐったい……っ」

「可愛い臍だな。宝石で飾ってみようか」

くすくすと笑う声さえ過敏になった肌には刺激となる。膝裏に手を入れて押し上げられ、リーゼロッテは羞恥に身を震わせた。

濡れた秘処が大きく開かれて彼の熱い視線に晒されている。恥ずかしくてたまらないのに見られていると思うだけで痛いほど媚肉が疼き、秘壺からとろとろと蜜がこぼれ出した。

「そ、そんなに見ないで……」

恥ずかしさのあまり手で顔を覆い、リーゼロッテは消え入りそうな声で呟いた。

「……いい眺めだ。俺の愛撫でこんなに濡らしてるんだから」

「見ないでってば！　は、恥ずかしいのっ……」

「あまり苛めては可哀相だな」

笑い声に続いて、張りつめた桃色の秘珠にふっと温かな息がかかる。

「――っ、ひや……ッ!?」

舌先でねろりと花芽を舐め上げられ、リーゼロッテは仰天した。

「や……！　だめ、エルンスト！　そんなとこ舐めちゃ……ッ」

「好きにさせてくれるんだろう？」

「そ……だけど……っ。――あ！　あンっ……、ん……っふぁ、あぁっ」

ぢゅうっと吸い上げられて、脳天を貫かれるような刺激にのけぞる。止めようもなく、びくびくと勝手に身体が跳ねた。

「ひ……くっ……、いや……、あぁ……、やめ、て……、だめなの、それ……っ」

懇願を無視してエルンストは口淫を続けた。震える媚蕾を転がすように舐め回し、強弱をつけて吸い上げる。そのたびに奥処からびゅくびゅくと蜜があふれだし、彼の唾液と入り交じった淫靡な泥濘《でいねい》に粘《ねば》ついた水音が響いた。

あまりの淫蕩《いんとう》さにクラクラと眩暈がしてくる。彼を押し退けようと肩を掴んだ手に力が入らなくなり、リーゼロッテは力なくゆらゆらとかぶりを振った。

「だめ……、だ……め……。あぁ……ほん、とに……、もぅっ……」

ずくずくと腰が蕩けそうな快感に身体が反り返ってしまう。下腹部が甘く疼き、きゅうと引き攣る。こらえるすべもなくリーゼロッテは絶頂に達した。身を起こしたエルンストはひくひくと蠢《うごめ》く蜜口をなだめるように優しく撫でさすりながら満足げな吐息をついた。

「こんなに震えて、可愛いな……」

彼は蠕動《ぜんどう》する蜜孔に指を挿し入れた。濡れそぼった隘路は抵抗なく付け根まで指を呑み込んでしまう。焦《じ》らすようにゆっくりと指を前後されると、自然に腰が揺れ始め、リーゼロッテはほろりと涙をこぼした。

クチュクチュと響く水音が恥ずかしくてたまらず、同時に昂奮をも覚えてしまう。

「あふっ……、あッ、あぁン、んゃ……ッ、く、ふぅ……、あぁあッ」

止めようもなく唇を突く喘ぎ声の淫蕩さに気が遠くなりそうだ。一度引いた彼の指が、嵩《かさ》を増してふたたび押し入ってくる。

二本の指を前後させて媚壁を愛撫しながら、エルンストは気遣わしげに問うた。

「痛いか？」

「すこ……し……」

瞳を潤ませ、リーゼロッテはためらいがちに頷いた。

すでに破瓜《はか》されていても不慣れな蜜襞は容易に馴染《なじ》もうとしなかった。痛いのは怖いが、遠慮してここでやめてほしくはない。いじらしい想いを察したのか、エルンストはなだめるように微笑んで涙で湿った目許にくちづけた。

「ゆっくり慣らそう」

もどかしいほど慎重に指を動かされ、下腹に熱が溜まってゆく。皮膚の固い指先で探るように濡れ襞を撫でられると、ぞくぞくと愉悦が湧き起こって痛みが薄らいでゆく。

指を抽挿しながらふくらんだ花芽を押しつぶすようにぐにぐにと捏ね回されるうちに、リーゼロッテはふたたび達していた。

腰骨が蕩けるような快感に続けざまに襲われ、後孔まで伝った愛液がリネンに滴《したた》る。

指戯《しぎ》で何度か達《い》かせると、エルンストはくたりと脱力したリーゼロッテの身体を重なったスプーンのように後ろから抱きしめた。優しく腹を撫でられ、尻朶《しりたぶ》のあわいに押しつけられた熱塊を意識してリーゼロッテは顔を赤らめた。耳元で彼が甘く問う。

「いいな……？」

こくん、とリーゼロッテは頷いた。すっかり蕩けた蜜孔の入り口に固い先端があてがわれ、ぐっと押し込まれる。度重なる絶頂でとろとろになっていた媚壁は、灼熱の楔《くさび》を驚くほど素直に呑み込んだ。

痛みはほとんどない。だが、狭い場所を弾力のある固い肉棒でみっしりと塞がれる充溢感で息が止まりそうだ。

様子を窺いながら彼は先端近くまでゆっくりと己を引きずり出し、またぐちゅりと奥処に打ちつける。ビィンと痺れるような淫楽が疼き、リーゼロッテはぎゅっと目をつぶった。

「……痛いか？」

ふるっとかぶりを振る。

「大丈夫……。やめないで、ね……？」

「やめられるわけない。こんなに……悦《い》いんだから……！」

ずんっ、とまた穿《うが》たれ、リーゼロッテは小さな悲鳴を上げた。それはすでに悲鳴というより鼻にかかる甘ったるい嬌声《きょうせい》だった。

「あふっ、ンン……、んっ、んぁ……っ。ひ……っく……んぅッ」

ふくれ上がった淫刀《いんとう》で蜜壺を抉《えぐ》られるたびに、ちかちかと目の前で星が瞬く。息を弾ませ、抽挿に合わせて腰を揺らしながらリーゼロッテは陶然となった。

（わたしたち、繋がってる……。繋がってるんだわ、こんなにも深く……）

前に回った手が汗ばんだ乳房を掴み、飢えたように首筋を甘噛みされる。ずくずくと腰を打ちつけられて、肌のぶつかりあう音と濡れた水音で眩暈がした。

「い……ぃ……。エル……スト……っ」

気持ちよすぎて涙が出てくる。のけぞる白い喉を撫で、背後から彼がきつく身体を抱きしめる。ひときわ彼の雄茎が猛《たけ》りたつのを感じた。

汗ばむ茂みの奥に指を差し入れて秘珠を擦りたてながら、エルンストの欲望が弾けた。

熱い飛沫に蜜襞を濡らされ、リーゼロッテもまた愉悦を極める。

二度、三度と腰を押しつけられるたびに大量の白濁が吐き出された。なすすべもなく揺さぶられながら、リーゼロッテの瞳から歓喜の涙がこぼれた。

「……リーゼ……」

熱い吐息を耳元で洩らし、エルンストが後ろからぎゅっと抱きしめる。

背中をぴったりと彼の胸に押しつけ、力強い腕にしっかりとくるみ込まれていると、幸福感で胸がいっぱいになり、美酒に酩酊《めいてい》したような心持ちになった。

優しく顎を掬《すく》い取られ、くちづけられる。長く、とても親密なキス。こんなときにしか交わせない、満ち足りた幸せなくちづけ……。

彼の唇が大切そうに肩に押しつけられた。リーゼロッテはほぅっと吐息をついて目を閉じた。そのまま うとうとと眠りに落ちようとすると、体勢を入れ替えたエルンストに素早く組み敷かれる。

彼は精悍な男の色気の漂う顔でニヤリと笑い、くすぐるようにリーゼロッテの喉元を撫でた。

「こら。寝るのは早いぞ。夜はまだこれからだ」

「え……？」

疲労と眠気で茫洋《ぼうよう》とエルンストを見上げたリーゼロッテは、びくんっと身体をこわばらせた。挿入されたままだった彼の雄《おす》が、ふたたびその欲望を主張し始めていた。

引き攣る唇に愛しげなくちづけを落とし、エルンストは官能的な声音で囁いた。

「俺の気が済むまで……、って言ったよな？」

「――――やぁあっっ……！」

言質《げんち》を取られたと気付いたときには遅かった。もはや抵抗する力はなく……、リーゼロッテは夜が白々《しらじら》と明け始めるまで眠らせてはもらえなかった。

終　章　永遠の愛のはじまり

晴れ渡った青空に、結婚式の開始を告げる鐘が厳《おごそ》かに鳴り渡る。

「──お美しいですわ、姫様……！」

感極まった口調でニーナが呟いた。贅沢なレースをたっぷりあしらった純白のウエディングドレスに身を包み、白い花のブーケを手にしてリーゼロッテは微笑んだ。

「ありがとう」

エルンストが王太子に復帰した翌日。ダミアンに伴《ともな》われてリーゼロッテの元へ参上したニーナは、すっかり捻挫《ねんざ》も快癒《かいゆ》していた。ふたりは抱き合って無事の再会を喜び合った。

リーゼロッテの逃亡後も、ニーナはダミアンや配下の近衛兵たちによって丁重に扱われていた。事情を知ったのはメルヴェール侯爵の遣わした使者と合流してからだそうだ。

それからはエルンストとリーゼロッテが婚約者同士として宮廷に復帰できるよう、彼女もまた陰ながら力を尽くしてくれていたのだった。

驚いたことに、ニーナはすっかりダミアンと出来上がっていた。協力するうちに恋に落ちてしまったらしい。故国にいる父伯爵に結婚の許可をもらうのに口添えしてもらえないかと頼まれて、リーゼロッテは快諾した。

ダミアンは嫡男《ちゃくなん》ではないものの、れっきとした貴族の家柄。しかもふたりの王子の覚えもめでたく、近衛軍でも出世頭《じゅつせがしら》である。リーゼロッテが保証したこともあり、ニーナの父からは結婚を許可する旨《むね》の返事が早速届けられた。

「うふふっ。わたし、姫様と同じ頃に赤ちゃんを産みたいですわ。そうしたら侍女から乳母《うば》やにお役目変更です」

「親子二代の乳兄弟というわけね」

そううまく行くかどうかわからないが、実現したら素敵だ。ニーナはリーゼロッテに繊細なレース編みの長いヴェールをかぶせ、ドレスの襞やリボンをこまごまと直して頷いた。

「これでよし、と。——そろそろお時間ですわね、参りましょうか」

主だった貴族のなかから選ばれた幼い令嬢たちが、揃いの可愛いドレスに身を包んで後に続く。少女たちの腕には薔薇の花びらの詰まった籠が下がっていた。

王宮付属の大聖堂に続く巨大な両開きの扉の前にエルンストが佇んでいた。周囲には彼の護衛官に異動になったダミアンを始め、誘拐団のメンバーだった近衛兵たちがいる。

ちなみに一味に混ざっていたゴロツキは手配中の犯罪者で、後でまとめて逮捕すべく口車に乗せて集めたのだそうだ。市中警邏《けいら》隊《たい》にもひそかに協力を仰《あお》いでいた返礼らしい。

リーゼロッテと同じように、正装した幼い貴族の若君たちを侍らせたエルンストが振り向いて微笑した。特別仕立ての真っ白な礼装軍服に身を包み、黄金の柄に宝石を散りばめた礼装用のレイピアをすらりと佩いたその姿は惚れ惚れするほど凛々《りり》しい。

暗紅色の髪はうなじでひとつに結び、リーゼロッテが選んだ紺色のリボンで留められている。切ってもいいのにと言ったのだが、『約束だから』と彼は微笑んでかぶりを振った。

思い出の品とはいえ、さすがにシミだらけの古いリボンをするわけにもいかない。薔薇色のリボンは今の彼には可愛すぎるだろう。リーゼロッテはシンプルな紺色のリボンを選び、改めて彼に贈ったのだった。ふたりは扉の前で出会い、互いに凝視めあった。

「……とても綺麗だ」

「あなたも凄く素敵よ」

にっこりと微笑み交わし、腕を組む。侍従たちが頷きあい、完璧なタイミングで両開きの扉を押し開ける。ファンファーレが高らかに鳴り響き、国王とリシャール王子を始め列席者が一斉に立ち上がった。パイプオルガンの前奏に続いて、荘厳な祝賀の歌を全員が心を込めて歌いだす。感動のあまり一瞬息が止まり、さぁっと鳥肌がたった。

リーゼロッテとエルンストはもう一度凝視めあい、しっかりと互いに頷きあった。そしてまっすぐに前を向いて歩みだす。ふたり手を携えて歩いてゆく、未来へ向けて——。

終

あとがき

こんにちは。マリーローズ文庫さんではお初にお目にかかります、上主沙夜《かみすさや》と申します。このたびは『嵐を呼ぶ花嫁』をお手にとっていただき、まことにありがとうございました。楽しんでいただけましたでしょうか？

今回のお話では、とある由緒正しき王国のお姫様が隣国の王子様のところにお嫁入りする途中でいきなり誘拐されてしまいます。まぁ、そういった誘拐とか略奪婚とかはロマンスものではわりとよくあると思うんですが、このお話のヒロイン、リーゼロッテはちょっと一筋縄ではいきません。誘拐犯が元婚約者の偽者と知ると敢然と喧嘩を売り、彼に雇われていたヒーロー剣士を逆スカウトして脱走してしまいます。

そして始まる命懸けの冒険。男装したり、銃撃されたり、激流に飛び込んだり、黒幕を暴くために王宮に乗り込んだりと、若くて無鉄砲なため、浅薄《せんぱく》なところもあるのですが、とにかく何でも一生懸命です。ちなみに彼女のモットー『備《そな》えよ常に』は作者が小学生の頃に入っていたガールスカウトの標語です(笑)。とはいえメインはもちろんロマンスですよ！　ご安心ください、何だかんだでラブラブイチャイチャですから！

リーゼロッテは久々の剣豪《けんごう》ヒロインでした。上主名義のデビュー作以来ですね。その作品ではちまっとしてヤマネみたいなのにバカ強いという反則設定でしたが、今回はすらりとした正統派美少女剣士です。もうちょっと活躍させてあげたかった気もしますが、ヒーローが過保護なので仕方ありません(笑)。

さてそのヒーロー、ヴェランは他人の決闘を代行する決闘士という危険な商売をしています。資料を当たっていると決闘裁判というのはなかなか凄《すご》いものでしたね。そんなシーンは今回はなかったのですが、いつかまた別の決闘士のお話が書けたらいいなと思います。

挿絵は吉崎《よしざき》ヤスミ先生がつけてくださいました。何種類もラフをいただいて、どれも素晴らしくて捨てがたかったです。可愛いツンデレヒロインと強面《こわもて》のくせに実はヘタレなヒーローを生き生きと描いてくださって、本当にありがとうございました！

編集のY様には突然の勝手な申し出にもかかわらず企画を採用してくださり、色々とご助言もいただきまして大変感謝しております。本作の出版にご尽力いただきました皆様、そしてもちろんこうして読んでくださった貴方《あなた》に、心から御礼申し上げます。またどこかでお目にかかれたら嬉しいです。どうもありがとうございました。

マリーローズ文庫をお買い上げいただき、ありがとうございます。この本を読んでのご意見・ご感想・ファンレターをお待ちしております。

☆あて先☆
〒154-0002　東京都世田谷区下馬6-15-4
コスミック出版　マリーローズ編集部
「上主沙夜先生」「吉崎ヤスミ先生」
または「感想」「お問い合わせ」係

嵐《あらし》を呼《よ》ぶ花嫁《はなよめ》

【著者】　上主沙夜《かみすさや》
【発行人】　杉原葉子
【発行】　株式会社コスミック出版
〒154-0002　東京都世田谷区下馬 6-15-4
【お問い合わせ】　-営業部-　TEL 03(5432)7084　FAX 03(5432)7088
-編集部-　TEL 03(5432)7086　FAX 03(5432)7090
【ホームページ】　http://www.cosmicpub.com/
【振替口座】　00110-8-611382
【印刷／製本】　中央精版印刷株式会社